仮名文テクストとしての伊勢物語

近藤さやか *Sayaka KONDO*

武蔵野書院

まえがき　仮名の可能性と〈音〉への関心

平安時代の文学は、〈音〉を現前させる仮名文字の発明によって、飛躍的な発展を遂げることとなった。この場合の音というのは、音声それ自体ではなく、仮名表記によって作られた、視覚化された音のことである。視覚化された音は、音それ自体とはまったくの別物であり、この聴覚から視覚への転換が『伊勢物語』の表現を支えていると思われる。

仮名は文字それ自体に意味が孕まれている漢字と異なって、〈音〉しか表現しない。仮名によって、和歌は一つの言葉で同じ〈音〉を持つ別の言葉を掛け合わせ、一文字ずつ隠し詠み込むような技法が可能になった。仮名で書かれること、つまり、〈音〉を表記することによって、音声それ自体よりも言葉の多義性が表現できるようになった。こうした仮名の可能性を和歌という韻文のみならず、散文においても試している作品が『伊勢物語』ではないだろうか。

『伊勢物語』の研究史は長い。鎌倉時代以降注釈書も多く、主に「古注」として知られるものは、竹岡正夫『伊勢物語全評釈―古注釈十一種集成』（右文書院、一九八七年）にまとめられている。(1) それ以外にも、片桐洋一編『伊勢物語古注釈書コレクション』（和泉書院）、片桐洋一・山本登朗編集『伊勢物語古注釈大成 全七巻＋別巻一』（笠間書院）などがある。

一方、他の文学作品同様、『伊勢物語』の研究史においても成立が問題となった。在原業平らしき人物を主人公「男」としながら、男の名前を仄めかすことはしても決して明記しないこの物語は、『古今和歌集』と密接な関係にある。『古今和歌集』で業平を詠み人とする歌は三十首あるが、これらは『伊勢物語』では主人公「男」の和歌となっている。また、物語内に登場し、名前が明らかとなる人物の多くは史実でも在原業平と交流があることや近い関係であることが認められる。

このような在原業平と『古今和歌集』の関係から『伊勢物語』の成立時期が想定された。特に片桐洋一氏の論(2)は多くの研究者に影響を与えた。『業平集』の三本、群書類従本、在中将集、雅平本がそれぞれ成立時に、その時点での『伊勢物語』の状態を反映しているとし、現在の定家本百二十五段よりも小さな章段構成であったという論である。

その論では『古今和歌集』以前に「第一次伊勢物語」として二十段ほどの形で存在しており、『後撰和歌集』以後、増補成長した「第二次伊勢物語」、『源氏物語』が書かれた頃にはほぼ現在の形と同様の「第三次伊勢物語」があったとされている。これはいわゆる「三段階成立論」として知られている。

片桐氏の成立論は、玉上琢彌氏（『物語文学』塙選書、一九六〇年七月）が紹介し、日本語学の立場から辛島稔子氏(3)が支持し、大津有一氏(4)も評価した。山本登朗氏は、片桐氏の成立論を肯定しながら、作品読解の歴史である注釈や享受史などから作品本来の読解を探究している(5)。

一方、この論を批判したのは福井貞助氏(6)や石田穣二氏である。福井氏は「資料的限界を超えるには、構成および構造の域における分析から導き出されなくてはならない(7)」とし、石田氏は初段と二段が緊密に連繫していることなど、成立時期が異なるとされる段の共通性や対応関係という表現や構成意識を論拠にした。[8] また、渡辺泰宏氏は片桐氏の論証にした『業平集』の不確かさを論じた。[9]
他にも山田清市氏『伊勢物語の成立と伝本の研究』(桜楓社　一九七二年)、塚原鉄雄氏『伊勢物語の章段構成』(新典社研究叢書23　新典社　一九八八年)、河地修氏『伊勢物語論集―成立論・作品論―』(竹林舎、二〇〇三年)、田口尚幸氏『伊勢物語相補論』(おうふう、二〇〇三年)らが片桐氏の成立論に疑義を唱えた。しかしながら、現在でも、片桐氏の論が学校の国語教育の場で「定説」として紹介されている。

本書では、『伊勢物語』を一作品として読むことを実践した。石田氏が「いわゆる成立論は、解体に熱心でありすぎはしなかったか」と述べる通り、片桐氏の成立論の元では、成立が同時期とされる段のみが考察対象となりうる。初段の初冠に始まり、終焉で閉じる「男」の一代記風と紹介されるこの作品が、そのように段ごとに成立時期が同じか否かに重点を置き、分断された読解しかできないというのは矛盾してはいないか。

作品内で用いられるいくつかの表現に注目し、成立が異なるとされる段でも共通した意識で扱われていることを確認すると、物語内で一貫した姿勢で言葉が扱われていることが分かった。これはそれぞれの和歌が詠まれた時期が異なっていたとしても、現存する定家本『伊勢物語』はほぼ一回で成立し、「作者」あるいは「編者」と呼ぶべき人物の手によると考えられる。

『伊勢物語』の作者については諸説あるが、紀貫之を想定する論が有力と言える。[10]『古今和歌集』の編者の一人であり、『土佐日記』の作者として知られ、仮名の可能性を様々に試みた人物といえよう。『土佐日記』貫之自筆本を忠実に写した為家筆本は、仮名で表記することを強く意識したものであると神田龍身氏によって論証されている。(11)『伊勢物語』も漢字仮名交り文などではなく、原則として、全文仮名書きのテクストだったのではなかろうか。(12)

また、「歌物語」という言葉は、平安時代の作品内では、和歌とそれに関した話という意味で使われている。(13)文学用語として「歌物語」という分類がなされるようになったのは明治以降のことである。福井貞助氏によると、明治二十五年（一八九二）の大和田建樹氏の『和文学史』に『伊勢物語』や『大和物語』を指して使われているが、普及させたのは、明治三十二年（一八九九年）に『国文学史十講』を刊行した芳賀矢一氏である。(14)

この「歌物語」という形態は、折口信夫氏によって、人々に口頭で語られていたことが述べられ、(15)それを踏まえて益田勝美氏が、口承文芸段階の「歌語り」を基盤にし、「歌物語」となったことを説いた。(16)口承段階の歌語りから歌物語へ発展したものという説明は、現在刊行されている辞典類にも引き継がれている。(17)歌物語の文体から口承的要素の反映を立証した阪倉篤義氏(18)により国語学的側面からの援護を受け、後に益田氏は、歌物語を広義の説話文学に属すると位置づけている。(19)実在の人物が登場するという点からも説話文学との接点はあるといえる。

「歌語り」については、『枕草子』の第百七十四段「宮仕へ人の里なども」に、「有明などは、ましていとめでたし。笛など吹きて出てぬるなごりは、いそぎても寝られず。人の上ども言ひあはせて、歌など語り聞くままに、寝入りぬるこそ、をかしけれ」（『新編日本古典文学全集』小学館、一九九七年による）

のような人の噂話と歌が併せて語られているように歌の詠まれた状態を表すとされ、『紫式部集』にも例がある。

このように口承を発端とした「歌物語」に分類されている『伊勢物語』だが、私はこのような立場をとらない。歌物語とは次元を異にしたテクストが『伊勢物語』であると考える。『伊勢物語』が口承の書記化された物語としてあるのでなく、初めから仮名を駆使した、書かれた音声の世界としてあるからである。

本書では以上のような問題意識のもと、仮名の可能性と〈音〉への関心が示された章段について次のような構成で論じる。

まず第一部では、仮名と〈音〉の関係について注目した段について論じる。

第一章では、第九段に登場する「みやことり」について論じた。「白き鳥の嘴と足と赤き」という鳥の実態よりも、「すみだ河」という場所に白い「みやことり」がいることを重視し、「みやことり」が名前に負わされた意味を考察した。仮名によって広がる色のイメージを用いた表現であることを指摘した。

第二章では、第十三段の「むさしあふみ」という言葉について、手紙を受け取った女が理解できたのは、第九段での「京にその人の御もとに」と修行者に文を託す場面が伏線となっていることを論じた。東下り章段に連繋した東国章段であるという関係を踏まえ、第十三段内のみで考えるべきではないことを述べた。

第三章では、第二十三段の「けこ」という言葉に注目した。多くは器を意味する「笥子」の漢字があてられるが、「男」が高安の女に通うことになった理由が経済状況の悪化であることを根拠に、「家子」の可能性を論じた。つまり、「男」が裕福だと思っていた河内の女は、召使に対して食料を制限して分配する女主人であり、その姿を見てしまったことにより、決定的に通わなくなるという解釈である。

第四章でも前章で対象にした第二十三段を中心に、作品世界で詠まれる和歌を効果的に演出する音声や音楽の手法について考察した。『伊勢物語』内に音楽演奏場面が少ないことから、和歌を詠むことを物語内で聴覚効果として重視していたことを述べた。

第五章では、第四十五段で「男」が詠む二首の和歌の解釈を中心に考察した。この二首の和歌の解釈は、季節の移り変わりを詠んだ表面的な意味にとどめず、物語の表現、状況設定を反映した解釈をすることによって、亡き女を悼む挽歌となる。歌集の詞書と違い、物語内で詠まれる和歌という位置付けから、『伊勢物語』における和歌の意義を論じた。

第二部では、『伊勢物語』を一作品として読むことを実践した。各段は多く「昔」と始まり、一段完結の形をとるが、前後の段には構造や表現の相似や反転させた関係があることが指摘されている。しかし、それだけではなく、第一部で論じた〈音〉の意識が『伊勢物語』には通底している。

長谷川政春氏が「核となっている章段のプロットや事項や特徴などに焦点をあて、あるいは拡大解釈をして新たな章段を展開しているのである」[20]と述べるように、『伊勢物語』の構成は、有名章段と呼ばれる段を中心としている。まず、物語前半部に二条の后章段があり、その一件を原因にしたかのように京から離れる東下り・東国章段への流れがある。後半部には、二条の后と同じく高貴な女性との禁忌の恋である斎宮章段と、その血縁者である惟喬親王章段がある。これらの章段に付随する段について考察し、作品内で各段を対応・照応・反響させていく『伊勢物語』の方法について、同じ〈音〉を使った表現に注目して論じた。

第六章では、『伊勢物語』中、最も多く三度実名で登場する、紀有常が実際の在原業平とは義理の父と息子という関係であったにもかかわらず、作品内で「友だち」と設定されていることに注目し、『伊勢物語』における「友」・「友だち」について考察した。「友だち」と設定される「男」と有常が、惟喬親王という文徳天皇の第一親王でありながら、帝位につけなかった人物の供をする意味に、「友」と「供」という対極にある人間関係を表す言葉を同じ〈音〉であることによってイメージレベルで繋がる力があることを指摘した。そこには、「やまと歌」によって風流な精神的世界を共有する者たちの集合としながらも、その核となる存在に惟喬親王を置くことで、根底には政治的敗北者の連帯感が存在する。

第七章では、第三十九段で「たかい子」、第七十七、七十八段で「多賀幾子」という高貴な女性の死を描く意味を考察した。この二人の女性の名前の〈音〉が二条の后の名前である「高子」と同じであることを指摘し、第三十九段前後には二条の后の章段の発端である色好み的側面があり、第七十七、七十八段前後には、二条の后章段の結末となる政治的側面があることを確認した。二条の后の章段は、第六段で女が鬼に食われるという異界で一応の結末は描くものの、実際は兄たちに取り返されてしまう悲恋に終わる。この二条の后を密かに葬るため、同じ〈音〉の名前の女性の死が描かれていると論じた。

第八章では、短い段が連続する短章段に「色好みなる女」「つれなき人」と表現される女性が登場することに注目した。他にも男性がいる「色好みなる女」、なかなか会うことができない「つれなき人」という女性は、二条の后と斎宮のイメージをずらした存在であり、有名章段の間に配置された短い段に登場することにより、二条の后と斎宮のその後ともいうべき意識で描かれている点を論じた。

最後に現代の享受史として、日本各地に残る業平伝説についてまとめた。特に愛知県内に伝わる伝説を中心にした。東下りをはじめとして各地に赴く「男」＝在原業平の話として日本国内に散在するこれらの伝説は、もう一つの『伊勢物語』の享受の形である。消えゆく前に系統立てて総合的に論じていく必要がある。

このように、本書では『伊勢物語』の仮名に注目した意識と表現を考察し、有名章段―二条の后章段・東下り章段・斎宮章段・惟喬親王章段―だけではなく、これらの章段を中心に作品全体を通して読解できることを論じた。『伊勢物語』は和歌と仮名の可能性を広げた作品だという、文学史上の位置付けを示すことができれば幸いである。

注

（1）源経信『知顕抄』、一条兼良『愚見抄』、肖柏『肖聞抄』、清原宣賢『惟清抄』、細川幽斎『闕疑抄』、北村季吟『拾穂抄』、契沖『勢語臆断』、荷田春満『童子問』、賀茂真淵『古意』、上田秋成『よしやあしや』、藤井高尚『伊勢物語新釈』。

（2）片桐洋一「在中将集成立存義」（『国語国文』一九五七年二月号）、「伊勢物語の成長に関する覚書」（『国

語国文』一九五八年七月号)、『伊勢物語の研究　研究編』明治書院、一九六八年、『伊勢物語の新研究』明治書院、一九八七年。

(3)辛島稔子「伊勢物語の三元的成立の論」(『文学』29巻10号、一九六一年)のちに、大野晋『伊勢物語総索引』(明治書院、一九七二年五月)の「付録」収載。

(4)大津有一『伊勢物語』岩波文庫、一九六四年十二月。

(5)山本登朗『伊勢物語論　文体・主題・享受』笠間書院、二〇〇一年、『伊勢物語の生成と展開』笠間書院、二〇一七年。

(6)福井貞助『伊勢物語生成論』有精堂出版、一九六五年。

(7)福井貞助「伊勢物語の構成と構造」(『一冊の講座　伊勢物語』有精堂出版、一九八三年)。

(8)石田穣二「伊勢物語の初段と二段」(『文学論藻』48号、一九七三年十二月、『角川ソフィア文庫　新版　伊勢物語』角川書店、一九七八年)。

(9)渡辺泰宏『伊勢物語成立論』風間書房、二〇〇〇年。

(10)鎌田正憲『考証伊勢物語詳解』(南北社出版部、一九一九年)以降、折口信夫『後期王朝文学史』(『折口信夫全集1古代研究　国文学篇』中央公論社、一九五四年)、高崎正秀『物語文学序説』(青磁社、一九四二年)、森重敏『文体の論理』(風間書房、一九六七年)、中田武司『王朝歌物語の研究と新資料』(桜楓社、一九七一年)、山田清市『伊勢物語の成立と伝本の研究』(桜楓社、一九七二年)、長谷川政春『紀貫之論』(有精堂出版、一九八四年)神田龍身『紀貫之―あるかなきかの世にこそありけれ』(ミネルヴァ書房、二〇〇九年）などが紀貫之の関与を論じている。

（11）神田龍身『紀貫之―あるかなきかの世にこそありけれ』ミネルヴァ書房、二〇〇九年。

（12）ただし、人名については漢字表記が意味を持つ場合も考えられる。

（13）『源氏物語』蓬生巻には「はかなき古歌、物語などやうのすさびごとにてこそ、つれづれをも紛らはし」（②三三〇）があるが、歌と物語というそれぞれ別のものとして解せられる。

（14）福井貞助『歌物語の研究』風間書房、一九八六年。

（15）折口信夫「歌及び歌物語」（『国文学註釈叢書』第十五巻　名著刊行会、一九三〇年）。

（16）益田勝美「季刊　国文」第四号（東京文科大学国語国分学会、一九五三年三月）。のちに、「歌語りの世界」（『益田勝美の仕事2』筑摩書房、二〇〇六年）。

（17）『岩波古語辞典補訂版』岩波書店、一九七四年。『和歌文学辞典』桜楓社、一九八二年。『角川古語大辞典』角川書店、一九八二年。『和歌大辞典』明治書院、一九八六年などがある。

（18）阪倉篤義「歌物語の文章―「なむ」の係り結びをめぐって―」（『国語国文』第二十二巻第六号、一九五三年六月）。

（19）益田勝美『古典とその時代V　説話文学と絵巻』三一書房、一九六〇年。のちに「歌物語の方法」『益田勝美の仕事1』筑摩書房、二〇〇六年。

（20）長谷川政春「求心性・変成・歌物語―伊勢物語の方法と構造―」（『物語史の風景―伊勢物語・源氏物語とその展開―』若草書房、一九九七年）。

凡　例

一、本書における『伊勢物語』の本文の引用は、学習院大学文学部日本語日本文学科所蔵三条西家旧蔵伝定家筆本を底本とする、『新編日本古典文学全集』（福井貞助校注訳、小学館、一九九四年）を使用する。

一、『竹取物語』『大和物語』『平中物語』についても、同じく『新編日本古典文学全集』（片桐洋一・高橋正治・清水好子校注訳、小学館、一九九四年）を使用する。

一、『うつほ物語』は『うつほ物語　全　改訂版』（室城秀之、おうふう、二〇一〇年）、『源氏物語』は『新編日本古典文学全集源氏物語』①〜⑥（阿部秋生・今井源衛・秋山虔・鈴木日出男校注訳、小学館、一九九四年〜一九九八年）を使用する。

一、和歌の引用は、『新編国歌大観』（『新編国歌大観』編集委員会監修、CD-ROM版Ver.2. 角川書店、二〇〇三年）による。

一、『伊勢物語』古注釈の引用は以下の通りである。
『書陵部本和歌知顕抄』（片桐洋一『伊勢物語の研究〔資料篇〕』明治書院、一九六九年）
『愚見抄』（塙保己一編『続群書類従　第十八輯上』続群書類従完成会、一九二四年）
『闕疑抄』（堀内秀晃・秋山虔校注『新日本古典文学大系　竹取物語・伊勢物語』岩波書店、一九九七年）

『拾穂抄』（片桐洋一編『鉄心斎文庫伊勢物語古注釈叢刊』第5巻、八木書店、一九八九年）
『勢語臆断』（久松潜一監修・築島裕（他）編集『契沖全集　第九巻』岩波書店、一九七四年）
『童子問』（片桐洋一編『伊勢物語古注釈書コレクション　第四巻』和泉書院、二〇〇三年）
『伊勢物語古意』（『賀茂真淵全集　第16巻』続群書類従完成会、一九八一年）

その他の本文については、その都度注に記す。

仮名文テクストとしての伊勢物語——目次

第一部

第二部

第一部

第一章　第九段「みやことり」

はじめに

第七段から始まる東下り章段の最後は『伊勢物語』中でも比較的長い第九段であり、そのクライマックスは、「みやこどり」の登場場面だといえよう。後世にも多く和歌や俳諧に詠まれる題材の鳥であるが、実のところ実態ははっきりしない。だが、実態解明ではなく、本論では「名に負う」という表現に注目し、『伊勢物語』における「みやこどり」について考察する。まず、作品内における第九段の位置を確認したい。

一　東下りの理由

『伊勢物語』はそれぞれの段が「むかし」(1)と始まる。段ごとに完結した形を取るため、独立して読むことも可能である。しかし、初冠に始まり終焉で終わる「男」の一代記といわれるように、各段は他の段との関連をもって配列されており、決して一つの段だけを取り出して解釈できるものではない。東下り章段・東国章段とひとまず分けられるが、連続させて解釈すべきである。諸本により、段の配列は異なるが、適宜比較しつつ、本論では天福本を中心に考察していく。

そもそも「男」が東国まで行ったのはなぜかを確認したい。

第七段

むかし、男ありけり。京にありわびてあづまにいきけるに、伊勢、尾張のあはひの海づらをゆくに、浪のいと白くたつを見て、

いとどしく過ぎゆく方の恋しきにうらやましくもかへる浪かな

となむよめりける。

第八段

むかし、男ありけり。京やすみ憂かりけむ、あづまの方にゆきて、すみ所もとむとて、友とする人、ひとりふたりしてゆきけり。信濃の国、浅間の嶽に煙の立つを見て、

信濃なるあさまのたけに立つけぶりをちこち人の見やはとがめぬ

両段とも、「京にありわびて」（第七段）、「京やすみ憂かりけむ」（第八段）と京にいられなくなったことから東を目指すことが書かれている。

京を「ありわび」または、「すみ憂」く感じた理由は、この東下り章段の前の第三～六段に位置する「二条の后章段」による悲恋を連想するのが自然である。

「二条の后」とは、清和天皇の女御として入内し、後に陽成天皇の生母となった女性である。その二条の后が入内する以前の藤原高子であった時に、主人公「男」が「ひじき藻」と歌を贈り懸想する第三

段、女が他所に身を隠した後、女のいない屋敷で去年の春を想い女の不在を嘆く第四段、密かに訪ねていた通い路に関守を立てられるが、それを嘆いた和歌により、後に許される第五段、そして、「男」が女を盗み出す第六段がある。第六段は以下のような段である。

むかし、男ありけり。女のえ得まじかりけるを、年を経てよばひわたりけるを、からうじて盗みいでて、いと暗きに来けり。芥河といふ河を率ていきければ、草の上に置きたりける露を、「かれは何ぞ」となむ男に問ひける。ゆく先おほく、夜もふけにければ、鬼ある所ともしらで、神さへいといみじう鳴り、雨もいたう降りければ、あばらなる倉に、女をば奥におし入れて、男、弓、胡簶を負ひて戸口にをり、はや夜も明けなむと思ひつつゐたりけるに、鬼はや一口に食ひてけり。「あなや」といひけれど、神鳴るさわぎに、え聞かざりけり。やうやう夜も明けゆくに、見れば率て来し女もなし。足ずりをして泣けどもかひなし。

白玉か何ぞと人の問ひし時つゆとこたへて消えなましものを

これは二条の后の、いとこの女御の御もとに、仕うまつるやうにてゐたまへりけるを、かたちのいとめでたくおはしければ、盗みて負ひていでたりけるを、御兄、堀河の大臣、太郎国経の大納言、まだ下臈にて、内裏へ参りたまふに、いみじう泣く人あるを聞きつけて、とどめてとりかへしたまうてけり。それをかく鬼とはいふなりけり。まだいと若うて、后のただにおはしける時とや。

「男」は逃避行を企て雷が鳴る中、芥川のあたりまで逃げ、女を倉に入れて外で守る。夜が明けるのを待って開けてみると、女は倉にいた鬼に食われてしまっていた。草の上に光る露を見たことがないほどの高貴な女を失い、「男」は露のように消えてしまえばよかったと詠む。しかし最後に、女は入内前の二条の后であり、鬼に食われたのではなく、后の兄二人が奪い返しに来たのだと物語は暴露する。「御兄」は藤原長良を父とする藤原高子の兄二人である。「堀川の大臣」は藤原基経であり、「太郎国経の大納言」である藤原国経の弟だが、叔父の藤原良房の養子になり、後に摂政関白太政大臣となる人物である。良房には文徳天皇に入内し、染殿后となっている明子が娘にいるのみである。その明子を母とする清和天皇に高子は入内しているように、高子も良房の政治的権力を握る為の重要な位置にいた女性だったことが分かる。

后となる女を盗んで逃げた「男」は時の権力者を敵に回したのだ、というように、女の身分を明かす部分によって、ただの悲しい恋物語ではなく、「男」に政治的敗北者の影が濃厚に打ち出されるのである。

そして、「男」のモデルとされる在原業平は、阿保親王と伊都内親王という皇族を両親に持つ人物である。しかし、いわゆる弘仁元年（八一〇）の「薬子の変」に父・阿保親王は連坐し、大宰府に十四年も流される。平城上皇の崩御により、ようやく阿保親王は天長元年（八二四）に帰京を許され、その翌年に業平は誕生している。そのさらに翌年である天長三年（八二六）、阿保親王の上表により、兄弟らと共に在原姓を賜り、「在原業平」となった。

この薬子の変は、平城上皇の寵愛を受けた藤原薬子が兄の仲成とともに、上皇の重祚と平城京遷都を謀ったが、挙兵前に発覚し、仲成は射殺、薬子は毒を仰ぎ自殺、平城上皇は出家したという事件である。これにより、藤原冬嗣が蔵人頭となり、北家が台頭していく契機となる。この冬嗣の次男にあたるのが、第六段に登場しないものの、背後に存在する時の権力者・藤原良房である。

このように第六段の「男」に業平を重ねて読むならば、因縁的ともいえる政治的敵対関係が垣間見え、続く第七・八段で「京」に居辛いという理由は、前段の女を失っただけではなく、それが禁忌の恋であり、都に帰れぬ政治性を帯びた事情を仄めかしているのである。

第六段のいわゆる〈後人注〉と呼ばれる部分に(2)「まだいと若うて、后のただにおはしける時とや」とある。入内前の二条の后、つまり藤原高子との逃避行に失敗し、居辛くなった京を離れ、東に旅立ったという流れに読める。注意したいのは、実際に在原業平が二条の后と恋愛関係にあり、引き裂かれて東国へ下ったということではなく、『伊勢物語』ではそのように読める、ということである。

他にも、「男」と在原業平を重ねてみるならば、官位が十三年停滞したことが指摘される。『続日本後紀』によると嘉祥二年（八四九年）一月に従五位下に任じられて以降、『日本三代実録』の貞観四年（八六二年）三月に従五位上に叙せられるまで、十三年も官位が停滞していたとされる。

また、業平の父である阿保親王は、『続日本後紀』によると、承和元年（八三四年）二月に遠江国敷智郡古荒田卅三町を拝領している。翌月三月には上野太守に、承和九年（八四二年）正月に上総太守となっており、東国との関わりを持つ。

こうした関連から雨海博洋氏は、東国を「すむべき国」として求めた一つとして、「父との縁深き上総の国とみることができるのではあるまいか。九段には、男が駿河から武蔵国に入り、武蔵国については何もふれることなく、いきなり武蔵と上総との境の隅田川に場面が移っているのも、下総から上総への意図があるからである」(3)と指摘する。東下りの旅程は、『闕疑抄』で第八段の「浅またけにたつけぶり、いせ尾張の方よりは見えまじきか。昔は煙の過分に立けるものにてこそ有つらめ」とあり、実際に旅をしたのか否かも問題とされている。だが、『伊勢物語』という作品内において、事実か否かを問いただす必要はない。従って、武蔵国に触れずに上総と下総の境界を流れる隅田川に至ることに、父阿保親王と縁深い上総を忍ぶ在原業平の影をみることもないだろう。「東国」という空間に向かう「男」は「在原業平」の影を負ってはいるものの、業平ではない。阿保親王を通じた東国との縁は、業平の影の一つでしかない。

本田恵美氏が「六段との関連で七~九段を読むならば、東下りの旅とは、所謂芥川の段で鬼に一口に食われ露のようにはかなく消えてしまった女を求めての旅、という解釈も可能ではないか。それは、すなわち、東＝吾妻を求めての旅であった」(4)と述べており、『古事記』・『日本書紀』には、日本武尊の東征に同行した妻の弟橘媛が海神の怒りを鎮めるために自らを犠牲にして入水する。後に日本武尊が弟橘媛を想い、「吾妻はや」(我が妻よ)と嘆いたことが「東」を「あづま」というようになったという地名起源がある。(5)日本武尊とは貴種流離譚としての共通点もあるが、「男」は「吾妻」を求めて東へ旅立つ。それは〈音〉に注目した歌が詠まれる東下りの旅として見逃せない指摘である。

以上を踏まえて、第九段を見てみたい。

二　東下りの旅程

まず、第七、八の「東下り章段」から確認していきたい。

都に戻れぬ事情を抱えた「男」が行く第七段と第八段の旅程と内容である。都を出た「男」たちは「伊勢・尾張のあはひの海づら」（第七段）という伊勢の国と尾張の国の国境を行き、「信濃の国、浅間の嶽」（第八段）を見る。この地が選択されていることについて、長谷川政春氏は、以下のように述べている。

伊勢の国は畿外であるが、伊勢神宮をもつ特別の地であってみれば、ウチとソトの意識ではこの東下りのモチーフは、都を出立し、畿内を超え、さらに東国の橋・峠・河を越えていく、その境界性にあると言えるのではないか。どの場面も境界が選ばれ、境界が強調され、境界が意識されている。一種の異郷にも似た東国の時空間は、反都的でなければ意味がない。だから、京にはない「海」が選ばれ、次で「山」であるが、普通の山では九段でも語られているように、京にも比叡山があって、少しも反都的ではないゆえに、山のうちでも異様な山である活火山の浅間山が選ばれている。この反都的な場が選ばれ、境界が場面として選ばれていることには、東下りが単なる地理上の距離（第八段は地理上から見れば、東下りのコースからはずれている）、都からの隔たりを意味する

のではなく、いわば意識上の距離を意味している。(6)

「男」が東下りの過程で和歌を詠む地点は、境界である。都からどれほど離れてしまったかということを、都では見ない風景を確認するように選ばれた地なのである。

渡辺実氏が『伊勢物語』の「みやび」の基調は語源通りに「都振り」であり、その裏側に「常に田舎に対する軽蔑と否定があった(7)」と述べているように、東下りに続き、東国を舞台としたいわゆる東国章段(第一〇~一五段)でこの意識は顕著に表れているが、東へ下るほどに、遠く離れた都を懐古し、望郷の念にかられるだけではなく、自分たちが「都人」であることが浮き彫りになるのである。

「都あるいは都に残してきた人を思い、都から離れてある事を悲しむ心情こそが、「東下り」を一貫して流れている基調であるように思われる」という山本登朗氏は「彼が離れてゆかねばならない現実の京と、彼によって体現されているが如き理念上の「都」との間には、かくして微妙な相異が見られざるを得ない。(8)」としている。つまり、東下りの空間とは都と東国(鄙)を対比あるいは対立させる構造なのだが、その空間で「都」を代表する「男」は都には居られず、都を出てきた人物である。「男」が懐古するのはある種、理想化された「都」であり、現実の京とは微妙な相違が生じるのである。

こうした場面選択意識をもって描かれていることを踏まえて、第九段を構成する四場面を確認する。

むかし、男ありけり。その男、A身をえうなきものに思ひなして、京にはあらじ、あづまの方にすむべき国もとめにとてゆきけり。もとより友とする人、ひとりふたりしていきけり。道しれる人もなくて、まどひいきけり。

①三河の国八橋といふ所にいたりぬ。Bそこを八橋といひけるは、水ゆく河のくもでなれば、橋を八つわたせるによりてなむ、八橋といひける。Cその沢のほとりの木のかげにおりゐて、かれいひ食ひけり。その沢にかきつばたいとおもしろく咲きたり。それを見て、ある人のいはく、「かきつばた、といふ五文字を句のかみにすゑて、旅の心をよめ」といひければ、よめる。

から衣きつつなれにしつましあればはるばるきぬる旅をしぞ思ふ

とよめりければ、Dみな人、かれいひの上に涙おとしてほとびにけり。

②ゆきゆきて駿河の国にいたりぬ。宇津の山にいたりて、わが入らむとする道はいと暗う細きに、蔦かへでは茂り、もの心細く、すずろなるめを見ることと思ふに、修行者あひたり。「かかる道は、いかでかいまする」といふを見れば、見し人なりけり。京に、その人の御もとにとて、文かきてつく。

駿河なるうつの山辺のうつつにも夢にも人にあはぬなりけり

③富士の山を見れば、五月のつごもりに、雪いと白うふれり。

時しらぬ山は富士の嶺いつとてか鹿子まだらに雪のふるらむ

その山は、ここにたとへば、比叡の山を二十ばかり重ねあげたらむほどして、なりは塩尻のやうになむありける。

④なほゆきゆきて、武蔵の国と下つ総の国のなかにEいと大きなる河ありけり。それをすみだ河

といふ。Fその河のほとりにむれゐて、思ひやれば、Gかぎりなく遠くも来にけるかな、とわびあへるに、渡守、「はや船に乗れ、日も暮れぬ」といふに、乗りて渡らむとするに、みな人ものわびしくて、京に思ふ人なきにしもあらず。さるをりしも、白き鳥の、はしとあしと赤き、H鴫の大きさなる、水の上に遊びつつ魚を食ふ。京には見えぬ鳥なれば、みな人見しらず。渡守に問ひければ、「これなむ都鳥」といふを聞きて、

名にしおはばいざ言問はむみやこどりわが思ふ人はありやなしやと

とよめりければ、I船こぞりて泣きにけり。

第九段は以下のような四場面の構成となっていることが分かる。

① 三河の国でかきつばたの歌を詠む。

② 駿河の国で修行者と会い、歌を託す。

③ 駿河の国で富士山の歌を詠む。

④ 武蔵の国と下総の国境にある「すみだ河」で「みやこどり」を見て歌を詠む。

第七・八段で述べられた東下りの理由とは少し異なり、「身をえうなきものに思ひなして、京にはあらじ、あづまの方にすむべき国もとめにとてゆきけり」という。また、第九段は第七・八段とは異なり、『古今和歌集』の業平歌を①と④に使って構成されている。②・③の和歌の他出及び類歌は『古今和歌六帖』に見られるが、成立時期不詳の歌集であり、『伊勢物語』との前後関係もはっきりしない。第七段

の和歌は『後撰和歌集』巻第一九・羇旅歌・一三五二番に、第八段の歌はより時代の下った『新古今和歌集』巻第十・羇旅歌・九〇三番に業平を詠人として収載されている第九段の①・④が『伊勢物語』の成立にも大きくかかわる『古今和歌集』の業平歌である意味は大きい。

第九段にある①「かきつばた」歌と④「みやこどり」の歌は並んで『古今和歌集』巻第九（羇旅歌）四一〇・四一一に次のように収められている。

四一〇

あづまの方へ友とする人ひとりふたりいざなひていきけり、みかはのくにやつはしといふ所にいたれりけるに、その河のほとりにかきつばたいとおもしろくさけりけるを見て、木のかげにおりゐて、かきつばたといふいつもじをくのかしらにすゑてたびの心をよまむとてよめる

在原業平朝臣

唐衣きつつなれにしつましあればはるばるきぬるたびをしぞ思ふ

四一一

むさしのくにとしもつふさのくにとの中にあるすみだ河のほとりにいたりてみやこのいとこひしうおぼえければ、しばし河のほとりにおりゐて、思ひやればかぎりなくとほくもきにけるかなと思ひわびてながめをるに、わたしもりはや舟にのれ日くれぬといひければ舟にのりてわたらむとするに、みな人ものわびしくて京におもふ人なくしもあらず、さるをりにしろきとりのはしとあしとあかき河のほとりにあそびけり、京には見えぬとりなりければみな人見しらず、

わたしもりにこれはなにとりぞととひければ、これなむみやこどりといひけるをききてよめる

名にしおはばいざ事とはむ宮こどりわが思ふ人はありやなしやと

『古今和歌集』の四一〇・四一一番歌の詞書と『伊勢物語』第九段の性質の差について、河地修氏が、「第九段の物語本文には、流離漂白の旅という色彩が濃厚であるのに対し、『古今集』の詞書にはそういった要素は皆無である」(9)と述べている通り、『古今和歌集』の詞書は、東に下る理由に触れていない。第九段本文にA～Dまでの破線を付した箇所が『古今和歌集』四一〇番歌詞書との違いであり、E～Iまでの破線を服した箇所は四一一番歌詞書との違いであるが、第九段のこの箇所をわざわざ削除して、四一〇番歌の詞書を書いたとは考えにくい。四一〇・四一一番歌を題材に第九段は作られたと考えられ、②・③の場面は旅程を繋ぐために加えられたという流れが自然である。

また、『古今和歌集』では、詠人を在原業平としているため、『伊勢物語』の「男」の東下りの旅も業平が実際に行ったのかどうかという真偽が古来問われるが、神田龍身氏が「おそらく、「八橋」や「隅田川」で歌を詠んだとする設定にしても、現実に還元すれば、塩釜の景を庭園にした源融邸のようなところでの「見立て」の旅だったのではあるまいか」(10)と推理しているように、それは大した問題ではない。

東下り章段での歌は、都から離れた境界において都との差異を目にして都を想う和歌を詠むことに主眼を置き、場面が選択されているのであって、実際にその場にいたかどうかは重要ではない。徐々に都から離れていく様子が地名によって、またその風景を描くことによって表現されればいいのであって、

実際にその風景を見ていなくても構わないのである。

実在した人物が登場する場合、その出来事が事実なのか否かと気になってしまうものであるが、『伊勢物語』という作品空間内で、「男」は在原業平の歌を詠むことで業平のイメージを負い、読者の想像力を掻き立てることができれば、在原業平と二条の后との悲恋は実際にはなくてもよいのである。

では、そうした物語空間に登場する「みやこどり」はどのような役目を負っているのだろうか。

三 「みやこどり」の正体

「白き鳥の、はしとあしと赤き、鴫の大きさなる、水の上に遊びつつ魚を食ふ。京には見えぬ鳥なれば、みな人見しらず」と描写される「みやこどり」は、呼子鳥・稲背鳥と並び日本史上の三大謎の鳥であるという。(11)
「みやこどり」の実態については古来、以下の説がある。
a チドリ科（チドリ目）ミヤコドリ（Oystercatcher）
b カモメ科（チドリ目）ユリカモメ（Black-headed Gull）
c 未詳
aの説は、北野鞠塢（宝暦一二年（一七六二）～天保二年（一八三一））が『都鳥考』(12)で挙げており、現在「ミヤコドリ」と呼ばれている鳥であるが、全体が黒い鳥であり、「白き鳥」に合致しない。鞠塢は

「しろき」の「し」を「くろき」の「く」の誤写だとする説を唱える。後述するが、ここは「しろき」であるべきである。

熊谷三郎氏[13]は、bのユリカモメ説を唱え、「イリエカモメ」→「エリカモメ」→「ユリカモメ」と変化したといい、「江鷗」の表記が適当であるとした。

鳥の姿について「白き鳥の、はしとあしと赤き、鴫の大きさなる」と説明されており、この説明の仕方は富士山を「ここにたとへば、比叡の山を二十ばかり重ねあげたらむほどして、なりは塩尻のやうになむありける」と表現することに似る。どちらも富士山や「みやこどり」を見たことがない者たちへ、既知のもの（比叡山や鴫）に喩えて説明[14]しており、これに従い、現在は圧倒的にbのユリカモメ説が有力であるが、いくつか問題点がある。

第一に、この男たち一行が隅田川で「みやこどり」を見たのは、夏であると考えられる。この前の場面③で富士を見た季節が「五月のつごもり」とあるからだ。渡り鳥であるユリカモメが日本に渡ってくるのは、冬であり現在の九月くらいにならないと見られないはずである。第二に、もし、夏にいたとしても、ユリカモメの夏羽は頭の部分が黒くなるため、「白き鳥」という表現が適切かどうかという別の問題が出てくるのだ。

「京に見えぬ鳥」であるため、生態がよくわかっていないのだとして詮索しない論[15]もあるが、『八雲御抄[16]』に「すみたかはならでもた丶京近川にも有白鳥のはしとあしのあかきなり」とある。現在の京にもユリカモメは姿を見せるが、賀茂川に姿を見せ始めたのは一九七四年以降[17]という。

c説の小松英雄氏は「京の最上流女性のイメージと重ね合わせて創られた虚構の鳥[18]」としている。

また、『古今和歌集』四一一番歌や『伊勢物語』第九段以前に、『万葉集』巻第二十の大伴家持が読んだとされる四四六二番歌にも「みやこどり」は詠まれている。

布奈芸保布《フナギホフ》　保利江乃可波乃《ホリエノカハノ》　美奈伎波尓《ミナキハニ》　伎為都都奈久波《キヰツツナクハ》　**美夜故杼里**《ミヤコドリ》香蒙《カモ》

舟競ふ　堀江の川の　水際に　来居つつ鳴くは　**都鳥**かも

舟が先を競って上る堀江の川の水際に来てとまって鳴くのは都鳥であろうか、という歌であるが、「みやこどり」をよく知らない様子であり、この「都鳥」も、どの鳥を指すか定かではない。

この「みやこどり」登場場面に漢詩文との関係を論じた研究がある。菅野礼行氏は、『列子』にある話[19]から「かもめは、最もふさわしい鳥であった[20]」とし、上野理氏は、「渡守」を「漁父辞」の屈原に対する漁父と考え[21]、渡辺秀夫氏も「世に数えられぬ無用者、官人としての挫折をあえて容認し、東国へ流離する悲恋の涙もろき男に、漢文学系の知識層に幅広く馴染んださすらいの型、濁世に孤絶する悲憤慷慨の廉潔の流浪人、屈原の姿をとり合わせたところに、一段の面白味、作者の妙手をみるべきであろうか[22]」とし、坂本信道氏も「屈原の流浪を鄙との対比によって相対化する漁父の役割を、『伊勢物語』では修行者と渡し守が担う[23]」というように漁父辞の投影が支持されている。

このように、「みやこどり」の実態を考察し、典拠となった漢詩文を見ることも重要であるが、今一度『伊勢物語』第九段に立ち戻り、この場面におけるみやこどりについて考えてみたい。ここで最も重要なのは、鳥の名前が「みやこどり」であったということである。

四 「名に負ふ」ということ

「名にしおはばいざ言問はむみやこどりわが思ふ人はありやなしやと」、東下りの最後を締めくくるこの歌の解釈は分かれている。「「みやこ」という名を持っているなら、みやこ鳥よ、さあおまえにたずねよう。私の愛する人はすこやかに暮らしているかどうかと」[24]という現代語訳が通例であるが、竹下数馬氏は「「言問ふ」という動詞には「聞く」とか「質問する」とかいう意味はない」[25]とし、「ものを言う」「話をする」「呼びかける」といった意味が正しいという。石田穣二氏も「「いざこととはむ」は、「さあ、皆、話しかけてみようではないか」ということで、別に都鳥にその答えを期待しているわけではない。「都を名に負うているならば、都のことも知っているであろうから、さあ聞いてみよう」という従来の通説とは大きな逕庭を生じ、通説が楽天的ならば、この解は、悲痛な響きを聞き取ることになろう」[26]としている。

松田喜好氏が、第八段の浅間嶽の煙を擬人化と捉え、「都人である「をとこ」の一行はこの田舎の信濃の国では実に目立つ存在だと捉え、――煙が目立ち過ぎて「をちこち人」に咎められているように、都人である我々もきっと信濃の国の人達から咎められるに違いない――といった解釈を考えてもよいのではないか」[27]と述べているが、第七段でも「うらやましくもかへる浪かな」と打ち返す浪を京に帰れぬ我が身と比較して羨ましいというには同じく擬人化の発想が見えられ、第九段でも「みやこ」という名を持っているだけで都のことを知るはずもない鳥に聞くという同様の発想と言えよう。

そもそも、「みやこどり」の語源は、『松屋筆記』(28)にある「みなみや〳〵と鳴くがゆゑにみや小鳥」とする説、林甕臣の「容貌《みめ》貴《あ》てやか鳥」説(29)、があるが「みやこ」に本来「都」の意味はなかったようである。たまたま「都」という懐かしい地の〈音〉を持つ名をつけられただけで、全く都には関係ない鳥なのだ。「みやこ」という名を持っているのならば、と言いながらも都を知るはずもないことを知ったうえで、さあ話しかけてみよう、というのである。

また、「すみ所もとむとて」（第八段）、「あづまの方にすむべき国もとめにとてゆきけり」（第九段）と京を離れ、新たな居場所を求めた先は、結局、自分の妻を意味する「あづま」であった。都を離れれば離れるほどに、自分の居場所はここではないという思いと「吾妻」への思いが募る。

第七段では海の浪、第八段では山の煙、という共に立つものを擬人化して、帰ることを羨み、「思ひ」を立ち上らせることを見咎められるのではないかと詠むあたりにはおどけた雰囲気もある。第九段では「八橋」の「水ゆく河のくもでなれば、橋を八つわたせるによりてなむ」という形状を珍しがり、そこで咲いていたかきつばたを折句にして都に残してきた「つま」への想いを吐露する。「みな人、かれいひの上に涙おとしてほとびにけり」と泣く表現は「みやこどり」歌後の「船こぞりて泣きにけり」に共通するが、乾飯が涙でふやけるという諧謔性を含んでおり、第七・八段からのおどけた流れを受けている。

駿河の国で出会った修行者は第七段で詠んだ「うらやましくも」京へ帰る人であった。そして、富士山については、『竹取物語』にも登場し、かなわぬ恋の象徴的な山であるが、河地修氏が「ここでは、歌枕としてのこの語のイメージにはいっさい触れようとせず、ひたすら実在の「富士山」の描写に終始しようとする」[30]と指摘しているように、浅間嶽で詠まれたような「思ひ」がくすぶる煙を立てる山ではなく、夏であっても冠雪した冬のような光景を見せる山を詠んでいる。「時しらぬ山」もまた擬人法だと言えよう。

そして、「すみだ河」で「みやこどり」を見る。この「すみだ河」には「いと大きなる河」という説明しかなされないが、先に引用した本田恵美氏の論に「「住むべき国」を求めて「すみだ河」の辺りを彷徨う東下り」[31]との指摘がある。このように「すみだ河」という名も負わされているものがあるのではないか。

『類聚三代格』[32]承和二年（八三五）六月二十九日の「太政官符」には「住田川」とあり、第九段で船に乗る渡し場をさすとされている。[33]「すみだ河」の名は、澄みたる川、あるいは川の中州にあった田園から洲田とよばれた説があり、「隅田川」「墨田川」「角太川」「角田川」など表記されたが、江戸末期に「隅田」の表記と「すみだ」の発音に統一され、明治以降に定着したという。[34]

『伊勢物語』の諸本は仮名で書かれているが、すべて漢字で書かれた「真名本」にのみ「墨田河」と表記されている。[35]「すみだ河」の〈音〉が「住み」以外にも、武蔵の国と下つ総の国境であることから国の「隅」であること、そして黒い「墨」のイメージを喚起しているのだ。

「みやこどり」が、「白き鳥」であることは、黒いはずの「墨田河」においてもなお、白く、「はしとあしと赤き」という黒に染まらぬ鳥であることが強調されているのではないか。

そして、「その河のほとりにむれゐて」とすみだ河に群れる「みやこどり」たちは、八橋で「その沢のほとりの木のかげにおりゐて」や、「船こぞりて泣きにけり」と行動を共にする「男」たちの姿が投影されているとも考えられる。東下りの先に見た「みやこ鳥」は「みやこ人」たる自分たちの姿だったのだ。「すみだ河」に住んでいても、「みやこどり」は東という地においてもなお染まることなく白いままである。

「みやこ」と聞いて「男」たちが思い浮かべるのはただ一つ、愛しい人を残してきた「都」である。その「みやこ」という名を負う鳥に、知るはずもないと思いながら都にいる愛しい人の無事を問うてしまう切なさと同時に、決して都以外には住むこともなじむこともできぬことを「男」は思い知るのである。

おわりに

「みやこどり」の実態が何にせよ、この場面で重要であるのは「みやこ」という名を持つ白い鳥なのだ。「男」が在原業平であり、実際に東下りをしたのか否かという事実確認がここでは重要ではなく、「男」は在原業平のイメージを負う人物であることが重要なのである。

第三～六段までの二条の后章段の悲恋を経て、京を離れ東に下る第七～九段を考察した。東下り章段の最後に登場する「みやこどり」の存在は、「男」の都への絶ち難い想いを表出し、いくら自分の住むべき国を求め、居場所を求めても定住しえないことを浮き彫りにした。

「みやこどり」という名前ばかりではなく、その名を負う「白き鳥」が「すみだがわ」という名前の川に染まることなくいる、「男」が東国に住めないことは東国章段以前に暗示されていたのだ。

注

(1) 天福本第十七段のみ「年ごろおとづれざりける人の」で始まる。池田亀鑑『伊勢物語に就きての研究〈校本篇〉』によると、古本系承久本・大島本系神宮文庫本・塗籠本系不忍文庫本・群書類従本・丹表紙本には「昔としころ」で始まる本もある。

(2) 便宜上、「いわゆる〈後人注〉」と表現するが、後人が書き加えた文章とは考えていない。この部分が女性の正体を明かすことにより、第三〜六段を二条の后章段たらしめている。

(3) 雨海博洋「『伊勢物語』における「東国物語」の形成基盤」(『平安朝文学研究』2巻6号、一九六八年十二月)。

(4) 本田恵美「「いとどしく過ぎゆくかた」の系譜—『伊勢物語』七段から『源氏物語』へ」(『古代中世文学論考13』新典社、二〇〇五年二月)。

(5) 小林正明「東国の旅程で「なれにし妻」「夢にも人」「わが思ふ人」「をちこち人」など詠出する昔男には「あづまはや」と絶唱したヤマトタケルの神話的原型が残響しているかもしれない」としている。(『伊勢

物語を読む」鈴木日出男編『別冊國文學　竹取物語伊勢物語必携』學燈社、一九八八年)。

(6)長谷川政春「求心性・変性・歌物語—伊勢物語の方法と構造—」(『物語史の風景—伊勢物語・源氏物語とその展開—』(若草書房、一九九七年)。

(7)渡辺実『新潮日本古典集成　伊勢物語』新潮社、一九七六年。

(8)山本登朗「「東下り」の物語・その一—浅間と富士—」(『伊勢物語論　文体・主題・享受』笠間書院、二〇〇一年)。

(9)河地修「『伊勢物語』・東下りの生成」(『伊勢物語論集—成立論・作品論—』竹林舎、二〇〇三年)。

(10)神田龍身「貫之の『伊勢物語』体験」(『ミネルヴァ日本評伝選　紀貫之』ミネルヴァ書房、二〇〇九年)。

(11)松田道生『平凡社新書171大江戸花鳥風月名所めぐり』平凡社、二〇〇三年。

(12)早稲田大学図書館蔵。玉山堂、文化一一年(一八一四)跋。

(13)熊谷三郎『都鳥新考』亜細亜書房、一九四四年。

(14)山口佳紀(『伊勢物語を読み解く—表現分析に基づく新解釈の試み—』三省堂　二〇一八年)は、「都鳥」について、ユリカモメと限定することはできないが、カモメの類とし、「この物語の書き手は、都人が「都鳥」と呼ぶ鳥と、東国の人が「都鳥」と呼ぶ鳥とは食い違っているということを、読者には是非とも示さなければならない。そのために、「しろき鳥の嘴と足とあかき、鴫の大きさなる」という詳しい記述が必要だった」とする。

山下太郎(「伊勢物語第九段の「蜘蛛手」と「鳴」—〈待つ女〉の映像を喚起する—」『古代文学研究　第

二次』第26号、二〇一七年十月は、和歌に詠まれる「鳴の羽がき」のイメージから「来ない男を待つ女」の映像が喚起されると述べ、ここで「鳴」の語を出す意味を説く。
(15)森野宗明『放送ライブラリー24　伊勢物語の世界』日本放送出版会、一九七八年。
(16)片桐洋一編『八雲御抄の研究　枝葉部・言語部』和泉書院、一九九二年。
(17)須川恒監修「ユリカモメ保護基金リーフレット　ユリカモメをもっと知りたい」。
(18)小松英雄『伊勢物語の表現を掘り起こす』笠間書院、二〇一〇年。
(19)小林信明『新釈漢文大系22　列子』明治書院、一九六七年。第十一章を引く。
海上之人、有好漚鳥者。毎旦之海上、従漚鳥遊。鷗鳥之至者、百住而不止。其父曰、吾聞、漚鳥皆従汝遊。汝取来。吾玩之。明日之海上、漚鳥舞而不下也。故曰、至言去言、至為無為。齊智之所知、則浅矣。

内容は、浜辺に住む男でかもめが好きな人がおり、毎朝かもめと遊び戯れていた。鷗の数は百以上であった。ある日、父がかもめをつかまえてきてくれ、おもちゃにしたいのだと言った。翌日、浜辺に出てみると舞い上がったままで下りてはこなかった、かもめは人の心を読んでしまったのだという話である。
(20)菅野礼行「『伊勢物語』東下りの段と『列子』」(『國語と國文學』、一九八九年七月)。
(21)上野理「伊勢物語「あづまくだり」考」(『文芸と批評』、一九六八年七月)。
(22)渡辺秀夫「伊勢物語と漢詩文」(『一冊の講座伊勢物語』有精堂、一九八三年)。

(23)坂本信道「さすらう官人たちの系譜―屈原・業平・貫之―」(『中古文学』、二〇〇六年)。
(24)福井貞助校注訳『新編日本古典文学全集伊勢物語』小学館、一九九四年による。
(25)竹下数馬「いざこと問はむ都鳥―伊勢物語の一考察-2-」(『学苑』、一九六三年五月)。
(26)石田穣二『伊勢物語注釈稿』竹林舎、二〇〇四年。
(27)松田喜好「「東下り」関係章段」(雨海博洋・神作光一・中田武司編『歌語り・歌物語事典』勉誠社、一九九七年)。
(28)小山田与清の書いた江戸後期の随筆。明治四一年(一九〇八)刊。松屋久重『国書刊行会刊行書　松屋筆記』(国書刊行会、一九〇八年)。
(29)林武臣編纂『日本語原学』建設社、一九三二年。
(30)河地修「『伊勢物語』の「東下り」に関する二、三の問題」(『伊勢物語論　文体・主題・享受』笠間書院、二〇〇一年)。
(31)注(4)に同じ。
(32)黒板勝美・国史大系編修会編輯『新訂増補国史大系　類聚三代格』吉川弘文館、一九六五年。
(33)『日本歴史地名大系第13巻　東京都の地名』平凡社、二〇〇二年。
(34)竹内誠編『東京の地名由来辞典』東京堂出版、二〇〇六年。ちなみに、「隅」の字が当用漢字になかったため、区名は「墨田区」としたという。
(35)池田亀鑑『伊勢物語に就きての研究　校本篇』有精堂、一九五八年。

第二章　第十三段「むさしあふみ」

はじめに

『伊勢物語』には第七段から第九段までの有名な「東下り章段」に続き、東国が舞台となる第十段から第十五段の「東国章段」がある。都より東の東国が舞台となる点では、物語後半の第百十五段と第百十六段もこれらも含まれ、第十四段・第十五段と同じく「陸奥の国」を舞台とする。また、塗籠本では、第百十五段（「おきのゐて」歌を持つ段）は、第十五段の後に位置し、「東国章段」としての配列になっており、第百十六段に相当する段はない。

本論では東国章段の中央に位置し、「陸奥の国」に舞台が移る直前にある第十三段の「むさしあふみ」について、前後の章段関係を踏まえて考察していく。

一　東下りの核・第九段

東国章段の始発である東下りとして、第九段をまず確認したい。

むかし、男ありけり。その男、身をえうなきものに思ひなして、京にはあらじ、あづまの方にすむべき国もとめにとてゆきけり。もとより友とする人、ひとりふたりしていきけり。道しれる人もなくて、まどひいきけり。三河の国八橋といふ所にいたりぬ。そこを八橋といひけるは、水ゆく河のくもでなれば、橋を八つわたせるによりてなむ、八橋といひける。その沢のほとりの木のかげにおりゐて、かれいひ食ひけり。その沢にかきつばたいとおもしろく咲きたり。それを見て、ある人のいはく、「かきつばた、といふ五文字を句のかみにすゑて、旅の心をよめ」といひければ、よめる。

から衣きつつなれにしつましあればはるばるきぬる旅をしぞ思ふ

とよめりければ、みな人、かれいひの上に涙おとしてほとびにけり。

ゆきゆきて駿河の国にいたりぬ。宇津の山にいたりて、わが入らむとする道はいと暗う細きに、蔦かへでは茂り、もの心細く、すずろなるめを見ることと思ふに、修行者あひたり。「かかる道は、いかでかいまする」といふを見れば、見し人なりけり。京に、その人の御もとにとて、文かきてつく。

駿河なるうつの山辺のうつつにも夢にも人にもあはぬなりけり

富士の山を見れば、五月のつごもりに、雪いと白うふれり。

時しらぬ山は富士の嶺いつとてか鹿子まだらに雪のふるらむ

その山は、ここにたとへば、比叡の山を二十ばかり重ねあげたらむほどして、なりは塩尻のやうになむありける。

なほゆきゆきて、武蔵の国と下つ総の国のなかにいと大きなる河ありけり。それをすみだ河といふ。その河のほとりにむれゐて、思ひやれば、かぎりなく遠くも来にけるかな、とわびあへるに、渡守、「はや船に乗れ、日も暮れぬ」といふに、乗りて渡らむとするに、みな人ものわびしくて、京に思ふ人なきにしもあらず。さるをりしも、白き鳥の、はしとあしと赤き、鴫の大きさなる、水の上に遊びつつ魚を食ふ。京には見えぬ鳥なれば、みな人見しらず。渡守に問ひければ、「これなむ都鳥」といふを聞きて、

名にしおはばいざ言問はむみやこどりわが思ふ人はありやなしやと

とよめりければ、船こぞりて泣きにけり。

『伊勢物語』のある段を取り上げるだけではなく、前後の段を見る場合、未だ避けては通れない問題として、成立論がある。有名な片桐洋一氏のいわゆる「三段階成立論」(1)では、この九段は『古今和歌集』以前の原初形態なる『伊勢物語』から存在したものとされている。本書は「三段階成立論」には賛同しかねる考えである。業平歌かどうか、など違いがあっても、作品として一回的にまとめられた作品であると考えている。冒頭の「むかし」で揃えた表現や、「男」の人生を一代記風の流れにしている点を見過ごしてはならないだろう。

この第九段について言うならば、この第九段を核として東下り章段ができ、東国章段が続いたものだと考えられる。「段階」という時間を隔てたものではなく、素材として先にあったのだ。それは前章で述べた通り、第九段には詠まれた四首の歌の内、最初の「から衣」の歌と四番目の「みやこどり」の歌

が『古今和歌集』巻第九（羇旅歌）四一〇・四一一にあることからもわかる。

『伊勢物語』第九段は、『古今和歌集』に二首並んだ和歌を核となる素材にし、三河の国と武蔵の国と下総の国の間を埋めるものとして、駿河の国の歌「駿河なるうつの山辺のうつつにも夢にも人にもあはぬなりけり」・「時しらぬ山は富士の嶺いつとてか鹿子まだらに雪のふるらむ」を入れたと考えられる。(2)第九段に限らず、「現行『伊勢物語』「東下り」の諸章段が、同一作者の手によって、殆ど一回的に制作されたものであろうとする見方」の河地修氏の論にあるように、(3)東下り章段はそれぞれ照応関係にある。河地氏は歌枕に対する解説的性格、第七～九段の冒頭表現を照応の論拠としているが、同様の照応関係は、東国章段でもいえるのではないだろうか。

二　東下りの先の東国

佐藤裕子氏は第十段から第十五段の前後関係について、第十一段は内容的関連性のない地縁的関連のみで位置しているとして、他の章段とは別にするものの、「東国章段は、単に地縁的な関連のみではなく、内容的関連性を求めた配列がなされている」(4)と論じている。佐藤氏の論では、東国章段の中でも、第十一段を除いた五つ段の関係を対象としているが、少し視界を広げて考察してみたい。

まず第十段である。

むかし、男、武蔵の国までまどひ歩きけり。さてその国にある女をよばひけり。父はこと人にあはせむといひけるを、母なむあてなる人に心つけたりける。父はなほ人にて、母なむ藤原なりける。さてなむあてなる人にと思ひける。このむこがねによみておこせたりける。すむ所なむ入間の郡、みよしのの里なりける。

みよしののたのむの雁もひたぶるに君が方にぞよると鳴くなる

むこがね、返し、

わが方によると鳴くなるみよしののたのむの雁をいつか忘れむ

となむ。人の国にても、なほかかることなむやまざりける。

「吾妻」を求めて向かった東で、武蔵国に至った男は、第十段で「武蔵の国までまどひ歩きけり。さてその国にある女をよばひけり」と武蔵国の女に逢う。「母なむ藤原なりける」と母方が藤原氏という展開は、藤原高子の二条の后章段を思わせる。「あてなる人」である男を「むこがね」にと願う母から和歌が届く。積極的な母親の賛成を得るのである。第六段で「女のえ得まじかりけるを、年を経てよばひわたりけるを」とあった時とは逆に障害なく進む。最後の「人の国にても、なほかかることなむやまざりける」という一文は、京での二条の后との恋を仄めかしてもいる。

第十一段で「友だちども」に手紙を送る話がおかれ、第十二段では「人のむすめ」を盗む。

むかし、男ありけり。人のむすめを盗みて、武蔵野へ率てゆくほどに、ぬすびとなりければ、国の守にからめられにけり。女をば草むらのなかに置きて、逃げにけり。道来る人、「この野はぬすびとあなり」とて、火つけむとす。女、わびて、

武蔵野は今日はな焼きそ若草のつまもこもれりわれもこもれり

とよみけるを聞きて、女をばとりて、ともに率ていにけり。

第六段と同じく女を盗み、失敗する話型である。この「人のむすめ」を第十段の娘とみる必要はないだろうが、藤原氏の娘・女を盗むというこれらは「あたかも二条の后との恋愛の繰り返し(5)」である。続く第十三段は、第十段をもとに解釈されることが多い。第十三段は次の通りである。

むかし、武蔵なる男、京なる女のもとに、「聞ゆれば恥づかし、聞えねば苦し」と書きて、うはがきに、「むさしあぶみ」と書きて、おこせてのち、音もせずなりにければ、京より女、

武蔵鐙さすがにかけて頼むには問はぬもつらし問ふもうるさし

とあるを見てなむ、たへがたき心地しける。

問へばいふ問はねば恨む武蔵鐙かかるをりにや人は死ぬらむ

「武蔵なる男」が対照的な「京なる女」に「聞ゆれば恥づかし、聞えねば苦し」という何とももどか

しい内容の判然としない文を書く。ここで和歌の形は取らず、加えて奇妙なことに「うはがき」に「むさしあぶみ」とのみ書き送るのである。従来、「聞ゆれば恥づかし、聞えねば苦し」の内容については、『勢語臆断』(6)でいうように、第十段で「母なむ藤原なりける」女の婿となったことを指す。

とりわけこの第十三段については、「武蔵鐙」の解釈が問題とされる。「さすが」を鐙に取り付ける留め金具である「刺鉄」として、『愚見抄』以降、「さすがに」、「かくる」を「あぶみ」の縁語とする説、「逢ふ身」をかける説(7)などがある。長井彰氏は「「あぶみ」は「足踏み」の意であり、鞍の両側で乗り手の足を支える馬具である。「あぶみ」は、また、「逢ふ身」を掛け、武蔵国の女と「逢ふ身」となったことを知らせるものである。左右二つに分かれる「鐙」の意と重ねると、武蔵の国の女と「京なる女」とに、それぞれ心の引かれる男の気持ちが込められていよう(8)」という。山本登朗氏は「京の女性を心に「かけて思ふ」、すなはち今でも心に「かけ」て恋しく思っているということをそれとなく暗示するために足を「かけ」るものである「あぶみ」を持ち出したものとする理解が、もっとも妥当ではないか」と述べる。

信友の随筆『比古婆衣』(9)に、この第十三段の「武蔵鐙」について「馬の胸さきをさし廻してものする足蹈なるべし」とし、「名義むさしとは胸さしの約まれる言なり」としている。『伊勢物語古意』には、『古今和歌六帖』第五［ふみたがへ］二八五七に「さだめなくあまたにかくるむさしあぶみいかにのればかふみはたがふる」の歌を指摘している。武蔵鐙の形状から踏み違ふることをいう。第十三段との関連を考えると、「踏み」と「文」をかけると解したくなるが、深読みだろう。『古今和歌六帖』との前後関係は未だ謎のままであり、この歌がどれほど知られていたかも不明である。

「武蔵鐙」の実態について探り、理解しようとする論が多いが、もっと単純に捉えてみてはどうだろうか。「むさしあぶみ」、「武蔵鐙」という表記からでは意味を限定してしまう。まず、「むさしあふみ」という「男」が書いたとおりであろう濁音のない仮名だけの状態にして考えてみたい。

三　京なる女

最初に男が「むさしあふみ」と書き送ったのは「京なる女のもと」である。男は第九段の東下りの途中でも、京へ向かう修行者に「京に、その人の御もとにとて」と文を書くのである。ここで「御」とあることに注目し、高貴な女性が想定され、その先には東下りの発端の事件として連想させられる二条后の姿が浮かぶ。ここでは「京なる女のもと」とあるように「御もと」ではない。男を必ずしも業平と見る必要がないように、女も二条の后として見る必要はない。

例えば、『伊勢物語』では、第六十九段で斎宮との恋が描かれ、伊勢を舞台とする段が続くが、これらは「二条の后章段」と同じレベルで「斎宮章段」とは呼びがたい。第七十段は「狩の使よりかへり来けるに、大淀のわたりに宿りて、斎の宮のわらはべにいひかけける」、第七十一段は「伊勢の斎宮に、内の御使にてまゐれりければ、かの宮に、すきごといひける女」、第七十二段「伊勢の国なりける女」、第七十三段「そこにはありと聞けど、消息をだにいふべくもあらぬ女」というように、相手が斎宮からずれていくのである。第七十四段で「女をいたう恨みて」と会えないことを恨み、第七十五段で「「伊勢の国に率ていきてあらむ」といひければ」と「世にあふことかたき女」を伊勢へ誘う。第百二段と第百四段では尼になった斎宮が登場するが、斎宮との恋が描かれるのは第六十九段のみである。忠実に相手の女を斎宮からずらし、ぼかしていく。会いがたい女としての側面を残像として後段が引き継いでいる。

このような手法が二条の后章段から東下り章段へ、また東下り章段から東国章段へというところでも使われているのではないだろうか。つまり、二条の后章段の後に続く東下り章段の第九段では「御もと」として高貴な女性を想定させ、二条の后の影が色濃い。しかし、第十三段では「京なる女のもと」である。「御」が外れ敬意が弱まるが、「京の女」という点では第九段の「御もと」と表現された女と共通する。繰り返すが、第十三段の「京なる女」＝二条の后と解したいのではない。二条の后からずらされ、ぼかされてきた先にいる「京なる女」なのである。

この女は「聞ゆれば恥づかし、聞えねば苦し」と書かれ、上書きに「むさしあふみ」とだけ書かれた文をもらい、男の状況を知る。「むさしあふみ」から「男」が「武蔵」にて「逢ふ身」となったことを察したのだろう。ここには、第九段で男が修行者に託した文に書かれた和歌「駿河なるうつの山辺のうつつにも夢にも人にもあはぬなりけり」に対応しているのではないか。駿河では「夢にも人にもあはぬ」と言っておきながら、男は武蔵で「逢ふ身」となった。

先に述べたように、「むさしあふみ」が詠まれた和歌はあるが、どれほど流通したかも不明である。

「武蔵鐙」の特殊な形状から「踏み違ふる」を引き出す説もあるが、武蔵の国の馬具である「鐙」の形状について、「京なる女」が知り得るだろうか。鐙であるから「かける」という言葉くらいはでてくるだろう。「むさしあふみ」とのみ上書きにある文、「聞ゆれば恥づかし、聞えねば苦し」と三十一文字の和歌にまとめ上げることもできないくらいの男の困惑を、女は「武蔵逢ふ身」の意味で受け取ったのだろう。その解釈の布石として、駿河から贈られた「夢にも人にもあはぬなりけり」が置かれている。

もちろん、この駿河から贈られた和歌を受け取った人物として「京なる女」を特定することもない。ここでの女に求められる要素は、教養と物わかりの良さである。というのも、続く第十四段では物わかりの悪い陸奥の国の女が登場するからである。

第十四段は次のようにある。


むかし、男、陸奥の国にすずろにゆきいたりにけり。そこなる女、京の人はめづらかにやおぼえけむ、せちに思へる心なむありける。さてかの女、

なかなかに恋に死なずは桑子にぞなるべかりける玉の緒ばかり

歌さへぞひなびたりける。さすがにあはれとや思ひけむ、いきて寝にけり。夜ぶかくいでにければ、女、

夜も明けばきつにはめなでくたかけのまだきに鳴きてせなをやりつる

といへるに、男、京へなんまかるとて、

栗原のあねはの松の人ならばみやこのつとにいざといはましを
といへりければ、よろこぼひて、「思ひけらし」とぞいひをりける。[10]

武蔵から陸奥へ舞台を移した男は、「そこなる女」からみやびとはかけ離れた和歌を受け取る。男を「京の人」として見る女には、雅に対する雛という構図が露骨に表れている。第十三段の「むさしあふみ」という言葉から男の状態を察した「京なる女」と、第十四段では鳥が鳴いたと嘯き去る男の言葉を信じ、「栗原のあねはの松の人ならば」と人並みの女なら京の土産に誘ったのにという男の和歌の意味を勘違いして喜ぶ女は対比的である。

男の文の「聞ゆれば恥づかし、聞えねば苦し」、女の和歌の「問はぬもつらし問ふもうるさし」、男の和歌の「問へばいふ問はねば恨む」の言葉の呼応関係についても多くの指摘がある。久保朝孝氏は互いの〈心〉を京に残しながら〈身〉が武蔵にある男の乖離を障害として〈身〉と〈心〉意識を指摘する。[11]第九段でも「身をえうなきものに思ひなして」とあることから、〈心〉を京へ残して〈身〉を東へと向かわせたことがわかる。

第十五段で東国章段は一旦終わる。第十四段で「京へなんまかる」と言っていることから、東国には遂に「すむべき国」は見つけられず、京へ帰るようである。しかし、第十五段も陸奥の国を舞台とする。

むかし、陸奥の国にて、なでふことなき人の妻に通ひけるに、あやしう、さやうにてあるべき女と

もあらず見えければ、
しのぶ山しのびてかよふ道もがな人の心のおくも見るべく
女、かぎりなくめでたしと思へど、さるさがなきえびす心を見ては、いかがはせむは。

「なでふこともなき人の妻」という平凡な男の人妻に通う男は、そんな男の妻になっているのは不思議な女だと見て、「心のおく」が見たいという和歌を贈り、女は「かぎりなくめでたし」と思う。しかし、女の「さるさがなきえびす心」をみてどうするのだという段である。

これも〈心〉を京に残して〈身〉だけ東国に彷徨う男と見るのならば、女の〈心〉を見たところで、男の〈心〉は京にあるのではないかということになろうか。塚原鉄雄氏が「栗原章段（第一四段）では、女性が、男性を理解しえない。理解しえないだけではなく、理解しえないことをも理解しえない。そして、忍山章段（第一五段）では、男性が、女性を理解しえないのである」(12)というようにここにも対応関係がみられる。

さて、ここまで東国章段をみてきた。東国章段の中であまり他の段との関連性が指摘されない第十一段について最後に触れたい。第十一段は次のような段である。

むかし、男、あづまへゆきけるに、友だちどもに、道よりいひおこせける。
忘るなよほどは雲居になりぬとも空ゆく月のめぐりあふまで

位置的には東国章段に置かれながら、「あづまへゆきけるに」、「道よりいひおこせける」と東下り途中のような状態で、「友だちども」に和歌を詠むという短い段である。東下りは「友とする人、ひとりふたり」（第八段）、「もとより友とする人、ひとりふたり」（第九段）とあるように「友」との旅であったが、京へ残してきた「友だちども」に対する思いが詠まれる。

同歌が『拾遺和歌集』にある。「たちばなのただもとが人のむすめにしのびて物いひ侍りけるころ、とほき所にまかり侍りとて、この女のもとにいひつかはしける」と「たちばなのただもと」が女に詠んだ歌となっており、ここでは恋愛歌であった。雨海博洋氏は「橘忠幹」が天暦九年（九五五年）に駿河介在任中に賊によって殺された人物であることから、駿河の国という東国との関連、悲惨な事件の被害者となったことで、この歌があわれなものとして「歌語り化」したものとみている(13)。

この段は「友だちども」に和歌を「いひおこ」すのであるが、東から京の人へ文を送るという点で第十三段と共通する。友への関係が恋愛関係に似たものとして描かれることについては、第六章で述べるが、ここでも「めぐりあふ」までと「あふ」という言葉が使われている。遠く離れて逢えない状態であるため、再び逢うまで自分のことを忘れないで欲しいと思うことは自然であろうが、第九段、第十一段と京へ送る文にはすべて「あふ」という言葉が含まれている。第九段では夢にも現実にも会えないことを嘆き、第十一段では再会を前提とした「あふ」だが、第十三段の「むさしあふみ」を「逢ふ身」と解する流れはここにもある。

加えていうならば、東国章段としての枠組でみると、第十一段は確かに浮いているように見える。「友だちども」に和歌を詠みおこすだけの短い段である。しかし、第十段で順調に母親の賛成を得て進んでいた人のむすめとの恋が、第十一段を挟んで第十二段になると、娘を盗み武蔵野へ逃げる展開へとなっている。ここにも二条の后章段と似た構図がみえる。第五段を参照したい。

むかし、男ありけり。東の五条わたりに、いと忍びていきけり。みそかなる所なれば、かどよりもえ入らで、わらはべの踏みあけたるついひぢの崩れより通ひけり。人しげくもあらねど、たび重なりければ、あるじ聞きつけて、その通ひ路に、夜ごとに人をすゑて守らせければ、いけどもえあはでかへりけり。さてよめる。

人しれぬわが通ひ路の関守はよひよひごとにうちも寝ななむ

とよめりければ、いといたう心やみけり。あるじ許してけり。二条の后に忍びて参りけるを、世の聞えありければ、兄人たちの守らせたまひけるとぞ。

忍んで通っていた築地の崩れに関守をおかれた男が和歌を詠み、その和歌の効果によって「あるじ許してけり」と一旦は許される。先に引いた第六段では、一転して女を盗み、芥川まで逃げることになる。東国章段では、第十段と第十二段の間に、第十一段がおかれることにより、繰り返し述べてきたような二条の后からのずらしとぼかしが行われているのではないだろうか。つまり、第五段と第六段は相手の女がいわゆる〈後人注〉により、二条の后と特定される。女との関係を一旦は許されるものの、女を盗み出そうとし失敗する第十段と第十二段は間に第十一段を挟むことで、「母なむ藤原なりける」女を盗んだという女を固定化しないずらしが行われる。そして、京にいる友だちへ自分を忘れないでほしいと詠む第十一段は、第十三段への「京の女」への手紙の布石でもある。(14)

『伊勢物語』は成立の問題によって分断された読みがされてきた作品である。しかし、細かく分断するのではなく、初冠から終焉までを描いた作品全体の中で配列の意図を汲みとり、今一度、他段と連繫させた関係に目を向けることで、『伊勢物語』は段内だけでは完結しない新しい構図をみせてくるのである。

おわりに

第十三段の「むさしあふみ」が第九段で詠まれた「駿河なるうつの山辺のうつつにも夢にも人にもあはぬなりけり」に対応しているのではないかと指摘した。二条の后章段／東下り章段／東国章段というように、章段に区切った範囲で読まれることが多いが、前後の段だけではなく作品全体を見通した形で読むと、対応・比較・反転した表現から他の段との関係がみえてくる。

また、今回は、第百十五段・第百十六段を含めた考察まで至らなかったが、「陸奥」には初段で引かれた「みちのくのしのぶもぢずりたれゆゑに乱れそめにしわれならなくに」と源融の歌がある。第八十一段では、その源融こと「左のおほいまうちぎみ」邸で「かたゐ翁」が「陸奥の国にいきたりけるに、あやしくおもしろき所々多かりけり。わがみかど六十余国の中に、塩竈といふ所に似たるところなかりけり。」と「陸奥の国」を共有した塩竈を見出す段がある。

第百十四段が初段の狩衣を想起させる「すり狩衣」の袂に和歌を書きつける段であることからも、『伊勢物語』は初段や東下り章段の構成を物語の後半部分で繰り返す構造であることが考えられる。一段で完結するような体裁を持つが、東国章段も作品内で何度も繰り返し登場する章段の一つである。

注

（1）片桐洋一『伊勢物語の研究〔研究篇〕』明治書院、一九六八年や『伊勢物語の新研究』明治書院、二〇〇五年など。

（2）『伊勢物語』の和歌と類似が多く指摘される『古今和歌六帖』第二〔山〕八三八に「するがなるうつの山のうつつにも夢にもみぬに人のこひしき」、第一〔ゆき〕六八七に「時しらぬ山はふじのねいつとてかかのこまだらに雪のふるらむ」がある。平井卓郎『古今和歌六帖の研究』（パルトス社、一九九一年、第九章）では、「古今六帖の歌の中には伊勢物語と直接間接に関係あるものが七十一首も存する」とし、「A六帖の歌が伊勢物語から採られたと思はれるものB伊勢物語と六帖の歌とが系統を異にすると思はれるものC伊勢物語の歌と六帖の歌とが無関係であると思はれるものD六帖の歌が年代的にみて最も後になると思はれるもの」と四分類する。この歌については分類例にない。

（3）河地修「伊勢物語・東下りの生成」（『伊勢物語論集―成立論・作品論―』竹林舎、二〇〇三年）。
（4）佐藤裕子「伊勢物語「東国物語」の配列意識」（『国文学研究』78号、一九八二年十月）。
（5）渡辺泰宏「伊勢物語章段群論」（『國文學　解釈と教材の研究』第43巻2号、一九八八年二月）。
（6）「きこゆれははつかしきこえねはくるしとは、さきにたのむの雁とよめる一段の心、人のむことなれりとみゆれは、京にちきり置きし人に、さる事ある身なれは、音つれ聞えさせむも、思はむずる所はづかしく、さりとて音つれさらんも、くるしとなり」
（7）渡辺実『新潮日本古典集成　伊勢物語』（新潮社、一九七六年）には「今もあなた（京の女）をかけて頼む」の意と解く人もあるが、それだと「鐙→懸ける→かけて頼む」というふうに縁語を挟む迂遠さがあり、直接の掛詞「逢ふ」を考えるのが自然だろう」とする。山本登朗「「東下り」の物語・その二―十三段その他をめぐって―」（『伊勢物語論　文体・主題・享受』笠間書院、二〇〇一年）によると、『堯恵加注承久三年本校合伊勢物語』以来、「聞ゆれば恥づかし」を第十段でむこがねとなったことを指す解釈とあわせて示されたとある。
（8）長井彰「『伊勢物語』一三段における都鄙対立―武蔵鐙の男の自己分裂」（『解釈』37巻8号、一九九一年八月）。
（9）林陸朗編集・校訂『比古婆衣　上』巻七、現代思潮社、一九八二年。
（10）底本は「あれは」で「ね」の旁書がある。通常、武田本をもって校訂される。
（11）久保朝孝「『伊勢物語』第二十四段考―殉愛とみやび返し―」（『淑徳国文』26号、一九八四年十二月）。

(12)塚原鉄雄「勢語東国と勢語陸奥」(『伊勢物語の章段構成』新典社、一九八八年)。
(13)雨海博洋「『伊勢物語』における「東国物語」の形成基盤」(『平安朝文学研究』2巻6号、一九六八年十二月)。
(14)さらに今後の配列に目を向けるならば、第十段から第十五段までの東国章段の後におかれた第十六段では「紀の有常」と「ねむごろにあひ語らひける」仲である「男」の「友だち」関係が描かれることを第六章で述べる。恋愛章段の間に置かれ、第三十八段では戯れに疑似恋愛歌を贈答しあうような「友だち」の有常登場の伏線ともなっている。

第三章　第二十三段「けこ」

はじめに

第二十三段は、幼なじみの男女が結婚した後、「男」は他の女のもとに通うようになるが、妻の和歌によって自分を案じる思いに感動し、他の女に通うのをやめ元通りになる話である。

以下、第二十三段に登場する妻を「大和の女」、「男」が新しく通うようになった女を「高安の女」とするが、「男」が高安の女の元に通わなくなった理由は「はじめこそ心にくもつくりけれ、いまはうちとけて、てづからいゐがひとりて、けこのうつは物にもりけるを見て、心うがりて、いかずなりにけり」[(1)]とある。この「けこ」について現在多くの注釈書では「笥子」と漢字を当て、椀のことだとしているが、「家子」説もあり、近年再考を促す論考がみられる。

本章では、『伊勢物語』第二十三段が大和の女と高安の女という二人妻を比較する話であることに注目し、「家子」説を再考してみたい。

一　「笥子」説

第二十三段は以下の通り三場面に分けられる構成である。

A　むかし、ゐなかわたらひしける人の子ども、井のもとにいでて遊びける、をおとなになりにければ、男も女もはぢかはしてありけれど、男はこの女をこそ得めと思ふ、女はこの男をと思ひつつ、親のあはすれども、聞かでなむありける。さて、このとなりの男のもとより、かくなむ、

①筒井つの井筒にかけしまろがたけ過にけらしな妹見ざるまに

女、返し、

②くらべこしふりわけ髪も肩すぎぬ君ならずしてたれかあぐべき

などいひいひて、つひに本意のごとくあひにけり。

B　さて年ごろふるほどに、女、親なく、頼りなくなるままに、もろともにいふかひなくてあらむやはとて、河内の国、高安の郡に、いき通ふ所いできにけり。さりけれど、このもとの女、あしと思へるけしきもなくて、いだしやりければ、男、こと心ありてかかるにやあらむと思ひうたがひて、前栽の中にかくれゐて、河内へいぬるかほにて見れば、この女、いとよう化粧じて、うちながめて、

③風吹けば沖つしら浪たつた山夜半にや君がひとりこゆらむ

とよみけるを聞きて、かぎりなくかなしと思ひて、河内へもいかずなりにけり。

C　まれまれかの高安に来て見れば、はじめこそ心にくもつくりけれ、いまはうちとけて、手づから飯匙とりて、けこのうつは物にもりけるを見て、心憂がりて、いかずなりにけり。さりければ、かの女、大和の方を見やりて、

④君があたり見つつを居らむ生駒山雲なかくしそ雨はふるとも

といひて見いだすに、からうじて、大和人「来む」といへり。よろこびて待つに、たびたび過ぎぬれば、

⑤君来むといひし夜ごとに過ぎぬれば頼まぬものの恋ひつつぞ経る

といひけれど、男、すまずなりにけり。

幼なじみの男女が想い合って結婚するA、「男」が高安の女の元に通うようになるが、大和の女が詠む和歌を聞き、高安通いをやめるというB、高安の女の後日談であるCの場面に分けられる。この段は、『古今和歌集』九九四番歌と左注によるBを核として構成されているといえ、『古今和歌集』にはなかった高安の女を登場させた点が『伊勢物語』独自の展開である。

Bの最後で「河内へもいかずなりにけり」と締めくくるものの、その後すぐに「まれまれかの高安に来て見れば」と訪れており、高安の女の様子を見て「心憂がりて、いかずなりにけり」とある。高安の女からの和歌に対して、「からうじて、大和人『来む』といへり」とは伝えるものの、結局「男、すまずなりにけり」と仲が途切れる。大和の女の和歌で自分への思いを知った「男」が「河内へもいかずなりにけり」と円満に終わってもいいものの、高安の女との歯切れの悪いともいえる後日談が語られるCの部分がつけられているのはなぜなのか。

「はじめこそ心にくもつくりけれ、いまはうちとけて、手づから飯匙とりて、けこのうつは物にもりけるを見て、心憂がりて、いかずなりにけり」という高安の女の行為について「けこ」をどう解釈する

かによって、「男」が何を「心憂がりて」と通わなくなったのかも変わる。ちなみに、『伊勢物語』中で他に食べ物が描かれるのは、第九段の「みな人、かれいひの上に涙おとしてほとびにけり」という乾飯でこの第二十三段と合わせて二例のみの特殊例である。(2)

まず、現在の注釈書で多く採られている「笥子」ではどうか。「笥子」は賀茂真淵の『伊勢物語古意』(寛政五年(一七九三)刊)以降主流になった説である。「けこは、或説に家の子にて、家人奴碑の事といへるも理りなきにあらねど、古本に䉼子と書、万葉にも、家にあれば笥に盛る飲をともあれば、飯䉼の器てふ意也けり(子は檜わりこ楪子などの子に同しく、小さきほとうつはによそへいふ也)」という解釈を受け継ぎ、藤井高尚の『伊勢物語新釈』(3)(文政元年一八一八刊)で「けご」は笥子にて飯もる器なり」としている。

現代の諸注釈でも、池田亀鑑氏『伊勢物語精講』(學燈社、一九五五年)、上坂信男氏『伊勢物語評解』(有精堂出版、一九六九年)、森野宗明氏『講談社文庫　伊勢物語』(講談社、一九七二年)、渡辺実氏校注『新潮日本古典集成　伊勢物語』(新潮社、一九七六年)、石田穣二氏訳注『角川文庫　伊勢物語』(角川書店、一九七九年)、福井貞助氏校注訳『新編日本古典文学全集　伊勢物語』(小学館、一九九四年)、秋山虔氏校注『新日本古典文学大系17　伊勢物語』(岩波書店、一九九七年)と多くがこの「笥子」説を採用している。

高安の女が自ら笥子に盛ることを「男」が不快に感じた理由については、高崎正秀氏は「思ふに、この女は既に既婚者であり、家刀自として他にも男があり、少くとも娘分ではなかつたことを暗示してゐるものと認めるより外はない」としている。(4) 一方、石田穣二氏は「この箇所、女が手づから飯匙を執って飯を盛ったのがなぜ男の不興を買ったのか、ややわかりにくい。食物を盛り分けるのはその家の主婦の権限であり、この女はまだ若く、母親がいたのであろう、それをさしおいて飯匙に手を出したのは、この女の食い意地の張っていることを示すのであろう(5)」というように、大和の女が「おやなく」とあったことに対し、高安の女には描かれないが親の存在を背景に見ている。

では、この「けこ」を「家子」で読むとどうなるか。

二 「家子」説

「家子」は『竹取物語』のくらもちの皇子に出された難題である「蓬莱の玉の枝」を作った工匠が愁訴する言葉に「しかるに、禄いまだ賜はらず。これを賜ひて、わろき家子に賜はせむ」とあるのが初出とされ(6)、第二十三段の家子説も笥子説よりも古くからある。

『書陵部本和歌知顕抄』「けことは、家のうちにさだまりたる人かずなり」、『愚見抄』「けこは家子也」、『闕疑抄』「けこのうつはもの、家子《けこ》と書り」、『拾穂抄』「真名伊勢物語ニ饌子之器とあり家子也」と古注釈では、『古意』の笥子説以前は家子として解釈されていた(7)。

岡崎正継氏はけこ「饌子」の語誌（中田祝夫他編集『古語大辞典』小学館、一九八三年）で

伊勢物語の例は、一般には「け」を「笥」、「こ」を「籠」あるいは接尾語「子」と解して、飯を盛る器と解しているが、それだと、「けこのうつはもの」は飯を盛る器の器となり、不自然である。

色葉字類抄の例は、「人倫」の部に「験者」と並べて載せられ、「家口（けく＝一家ノ者）也」と注せられている。類聚名義抄の籭も元来、食物を贈る意で、食器の意はない。食器をいう語は、たとえば黒川本色葉字類抄・雑物部に、「笥食器也ケ」とあるように、「け」であって「けこ」ではない。

以上、いずれも一家眷属（けんぞく）の者の意の「けこ（家子）」と見るのが自然で、食器としての「けこ」の存在は疑わしい。なお、第二例「ケコ」には共に平声単点がうたれ、清音である。

と「笥子」説に疑問を投げかけている。確かに、「笥子」が器の意味ならば、「けこにもる」で意味は通じるはずである。「けこのうつはもの」と表現されている点に注意すべきである。[8]

竹岡正夫氏は、「「けこ」（「けご」とも）は家族や家来・召使と解するのが妥当。ここでは、女が、先の妻のごとく夫を偲ぶ歌を優雅に詠むどころか、一家眷属の者たちの食器に飯を盛り分けたりして、たまたま訪問して来ている夫など眼中にもなく、糠味噌女房にどっぷり浸かってしまっていたのである。これでは貴族の男ならずとも「心憂がりて」足も遠ざかるのも当然だ[9]」としている。所帯じみた行為を不快に感じたものとして捉えている。

山本登朗氏は、古注釈やその影響を受けた絵画資料、中世小説「窓の教」を考察し、「男」がどこから高安の女を見ていたか、つまり垣間見をしたのか、高安の女の目の前にいたのか、という点と「けこ」は「笥子」か「家子」なのかという二点の疑問を提示した。これら四通りの組み合わせから、「男」は高安の女の目の前で一家眷属の「家子」の食器に飯を盛っていたという解釈を導き出した。[10]

原國人氏は『蒙求』の説話「孟光荊釵」や、それを基にしたと考えられる『唐物語』第四「孟光、夫の梁鴻によく仕ふる語」と照らし合わせながら、「家子」説をとる。[11] 早乙女利光氏も、『唐物語』を例に「高安の女は格式張った客用ではなく、親しい家族に使用すべき器に飯を盛って、男に差し出した」と解釈するが、その後、用例調査の結果この説を除外し、新たに家族を意味する「家口」説を唱え「高安の女は両親に飯を盛り分けていた」と考察する。[12]

このように、近年「家子」あるいは「家口」というように、「けこ」を「笥子」という器として解さない説が見直されている。[13] 第二十三段は、この「家子」の意味で解釈すべきではないだろうか。

三　『大和物語』の場合

高安の女の登場理由には大和の女との対比が考えられる。二人の女の対比を顕著にみせるのは、同様の話を持つ『大和物語』第百四十九段である。

むかし、大和の国、葛城の郡にすむ男女ありけり。この女、顔かたちいと清らなり。年ごろ思ひかはしてすむに、この女、いとわろくなりにければ、思ひわづらひて、かぎりなく思ひながら妻をまうけてけり。この今の妻は、富みたる女になむありける。ことに思はねど、いけばいみじういたはり、身の装束もいと清らにせさせけり。かくにぎはしき所にならひて、来たれば、この女、いとわろげにてゐて、かくほかにありけど、さらにねたげにも見えずなどあれば、いとあはれと思ひけり。心地にはかぎりなくねたく心憂しと思ふを、しのぶるになむありける。とどまりなむと思ふ夜も、なほ「いね」といひければ、わがかく歩きするをねたまで、ことわざするにやあらむ。さるわざせずは、恨むることもありなむなど、心のうちに思ひけり。さて、いでていくと見えて、前栽の中にかくれて、男や来ると、見れば、はしにいでゐて、月のいといみじうおもしろきに、かしらかいけづりなどしてをり。夜ふくるまで寝ず、いといたううち嘆きてながめければ、「人待つなめり」と見るに、使ふ人の前なりけるにいひける。

風吹けば沖つしらなみたつた山夜半にや君がひとりこゆらむ

とよみければ、わがうへを思ふなりけりと思ふに、いと悲しうなりぬ。この今の妻の家は、龍田山こえていく道になむありける。かくてなほ見をりければ、この女、うち泣きてふして、かなまりに水を入れて胸になむすゑたりける。あやし、いかにするにかあらむとて、なほ見る。さればこの水、熱湯にたぎりぬれば、湯ふてつ。また水を入る。見るにいと悲しくて、走りいでて、「いかなる心地したまへば、かくはしたまふぞ」といひて、かき抱きてなむ寝にける。かくてほかへもさらにいかで、つとゐにけり。かくて月日おほく経て思ひけるやう、つれなき顔なれど、女の思ふこと、いといみじきことなりけるを、かくいかぬをいかに思ふらむと思ひいでて、ありし女のがりいきたりけり。久しくいかざりければ、つつましくて立てりけり。さてかいまめば、われにはよくて見えしかど、いとあやしきさまなる衣を着て、大櫛を面櫛にさしかけてをり、手づから飯もりをりける。いといみじと思ひて、来にけるままに、いかずなりにけり。この男はおほきみなりけり。

大和の女を「顔かたちいと清らなり」と容姿を褒め、経済状況を理由に通い始めた高安の女について、明確に「富みたる女」と述べる。「男」が垣間見た大和の女は「かしらかいけづりなどしてをり」と髪を梳かし、高安の女を垣間見ると「いとあやしきさまなる衣を着て、大櫛を面櫛にさしかけてをり」というみすぼらしい着物に大櫛を前髪に挿すという様子であった。(14) また、大和の女は「かなまりに水を入れて胸になむすゑたりける」と水を入れた金鋺を胸に当てると熱湯になるという「おもひ」を抱いていたことが分かるが、高安の女は「手づから飯もりをりける」と自らご飯を盛っていた。「かなまり」という金属の碗と飯を盛る器も対比的である。

『伊勢物語』第二十三段でも、Bの冒頭で「さて年ごろふるほどに、女、親なく、頼りなくなるままに、もろともにいふかひなくてあらむやはとて」と大和の女の親が亡くなり、経済状況が厳しくなったことを理由に高安に通い始める。Bの最後では「河内へもいかずなりにけり」と円満にまとめながら、Cでは、「まれまれかの高安に来て見れば」と高安を訪れており、問題としている場面を見て「心憂がりて、いかずなりにけり」という。しかし、高安の女の和歌に対し「大和人「来む」といへり」と期待させる返答し、結局「男、すまずなりにけり」と閉じる。高安の女の後日談であるCの「男」の態度は煮え切らないといえよう。

そもそも「男」は経済的な理由で高安の女の元へ通い始めたはずだ。(15) 自分の身を案じてくれている大和の女を愛しいと見直したところで経済状況は変わらない。『伊勢物語』には、貧しく出家する妻に何も贈れない紀有常の第十六段や、貧しい夫の妻となった女が袍を洗う際に破ってしまう第四十一段がある。これらの段に登場する「男」は「ねむごろにあひ語らひける友だち」（第十六段）や「あてなる男」（第四十一段）として衣を提供する裕福な男である。貧富の対比が見られる段であるが、この第二十三段でも対比と経済状況が物語の展開に大きく作用している。

つまり、「手づから飯匙とりて、家子のうつはものにもりける」行為は高安の女の経済的な豊かさを象徴する光景であるが、家子の器にまで飯を分配することは、女主人として召使たちの食べる量を限定する吝嗇な一面をみせている。(16)

また、「男、こと心ありてかかるにやあらむと思ひうたがひて」と大和の女に他の男の存在を疑って見ていたところ、一人で夫の身を案じる和歌を詠んだことに対し、高安の女は「家子」に囲まれている。高安の女の「手づから飯匙とりて、家子のうつはものにもりける」とは、卑俗というより吝嗇といえ、経済的豊かさを頼りに通っていた「男」にとってうちとけて化粧もしなくなった点に加えて幻滅した瞬間だったのではないか。

以上をふまえ本論での「けこ」の解釈は「家子」、「男」は目の前で「手づから飯匙とりて、家子のうつはものにもりける」行為を見たと解する。山本登朗氏の論と同様であるが、「男」が「心憂がりて、いかずなりにけり」と感じた理由に、元々通う理由となっていた経済的な状態を加えたい。

さて、高安の女は「男」に二首和歌を贈っているが、なぜ「男」が来なくなったのか、気付いていないような歌である。次節では、その和歌について見てみたい。

四　第二十三段の和歌

まず、「男」が見ていないはずのところで化粧をする大和の女に対し、「はじめこそ心にくもつくりけれ、いまはうちとけて」とあることから、「男」の目の前で見られていることを承知の上で化粧をしなくなったと読める高安の女を比較する構図を確認したい。[17]大和の女が詠む③「風吹けば」の歌は独詠であり、「男」が聞いていることを知らずに想いを歌にしているが[18]、大和の女は男と会えぬことを嘆き、訪れを待っていることを歌にして贈る。

第二十三段は「男」の歌は最初に大和の女に求婚する①「筒井つの井筒にかけしまろがたけ過ぎにけらしな妹見ざるまに」のみである。その後、二人の女を見比べる「男」のいう「妹見ざるまに」は意味深である。この求婚を受ける大和の女の歌②「くらべこしふりわけ髪も肩すぎぬ君ならずしてたれかあぐべき」の「くらべこし」も「男」と比べた髪の長さを指すが、Bになると、大和の女は高安の女と比べられることになる。

「ゐつつ」に関しては、圷美奈子氏が「幼年時代の《象徴》としての「井筒」と、ずっと「思ひつつ」ある、そのまま変わらずにある、「ゐつつ」ある心のありさまを訴える言葉としての「ゐつつ」が、この一首の求婚歌のケースではじめて結びついたのではないか。「つつゐつのゐつつ」をめぐって、「〜つつある」、「〜つつゐる」状態の「ゐつつ」が想起される可能性は十分ある」[19]と述べ、高安の女の歌にも

④「君があたり見つつを居らむ生駒山雲なかくしそ雨はふるとも」、⑤「君来むといひし夜ごとに過ぎぬれば頼まぬものの恋ひつつぞ経る」という表現があることについて、「互いに「思ひつつ」、遠い昔から変わらずに、離れている間も心の様は「ゐつつ」結ばれていた幼な恋の二人とは対比的で、またあわれだ」と述べている。圷氏が指摘した「ゐつつ」の表現はAの部分とCの部分を対比的に見せている。

三部構成として場面が分けられる段であるが、和歌の表現は緊密に連繫し合っている。女を見比べることが「男」の和歌「妹見ざる間に」[20]に象徴されているが、『万葉集』の類歌[21]とされる高安の女の歌も④「見つつを居らむ」と「男」がいる大和のあたりを見ようとするが雲や雨が障害となる。④「雨はふるとも」の雨は高安の女の涙の象徴であるが、他の和歌に見える水描写も事態の象徴と言えるだろう。

例えば、①「井筒」は留まっている水、つまり昔からずっとその場にいる大和の女を、③「沖つ白浪」の浪は大和の女と「男」の波瀾の関係を象徴しているといえまいか。⑤「雨」に象徴される高安の女の涙は流れ落ちるものとして流動性を示していることと対比的である。

また、幼なじみの男女の結婚を描いているAには①「過ぎにけらしな」、②「過ぎぬ」と時間経過を表す「過ぐ」が使われているが、「男」が来ない時間を詠む高安の女のCには、④「雨はふるとも」、⑤「恋ひつつぞふる」というように、④では「降る」と「経る」が掛けられ、⑤には時間経過のみを表す「経」が使われている。

大和の女と高安の女の二人はどちらも「待つ女」として歌を詠んでいる。大和の女は独詠により、「男」の疑念を晴らした。一方、高安の女は歌を贈るものの「けこ」のうつは物にもる姿を見てしまった「男」は二度と訪れない。

丁莉氏は「結局、高安の女が詠んだ二首の歌は「待つ女」をモチーフにする佳作で、「風吹けば」の歌に何ら遜色ないのである」とし、「つまり、高安の女に歌を詠ませたのは、二人の「待つ女」に対する徹底的な対比によって、大和の女の優雅で純粋な愛情をいっそう強調し、一種の理想的な女性像をここで作り上げようとしたからではないか(22)」と述べる。

第二十三段の女二人は比べられながらも二人とも「待つ女」である。この対比構造は、続く第二十四段の「あらたまの年の三年をまちわびてただ今宵こそ新枕すれ」と詠む「待ちわぶる女」へ繋がっていく。

おわりに

第二十三段の高安の女の「けこ」を中心に、大和の女と高安の女の対比を考察した。賀茂真淵の『古意』以来「笥子」と器の意味でとられてきた「けこ」を今一度「家子」として捉え直した。「男」が高安に通う理由となっていた経済的状態と絡めて、高安の女の「手づから飯匙とりて、家子のうつは物にもりける」行為について卑俗というより吝嗇を「心憂」く感じたのではないかと論じた。

また、最後に第二十三段を中心に前後章段との関係も見ておきたい。第二十三段を元に創作された謡曲『井筒』は、「男」=在原業平とし、女も誰かと特定する注を付ける中世注釈書の姿勢と同じく、「大和の女」ではなく、「風吹けば」と詠んだ女を「有常の娘」とし「人待つ女」と名乗らせる。第十九段は、『古今和歌集』で業平が有常の娘に通っていたとする詞書をもつ贈答歌で構成されている。第二十段は「大和にある女」が「いつのまにうつろふ色のつきぬらむ君が里には春なかるらし」と「うつろふ」ことを詠み、第二十一段は「こと心なかりけり」だった男女が和歌を詠む交わすものの、「おのが世々になりにければ」と破局してしまう。反対に、第二十二段では「はかなくて絶えにける仲」だった男女の復縁が描かれる。

このような男女の時間経過と心の移り変わりを描く章段の中にある第二十三段は本章で述べた通りである。二人妻の構図で大和の女との復縁と高安の女との破局が対比的に描かれる。第二十四段では一人の女に二人の男という登場人物の関係構図も第二十三段を反転させたものだが、第二十三段では二人の女がともに「待つ女」であったことに対し、第二十四段の女は「待ちわぶる女」であった。

そして、第二十四段の「かたゐなか」の男女が離れ、女が待ちわびた原因は「おとこ、宮仕へしにとて別れ惜しみてゆきけるままに三年来ざりければ」という「かたゐなか」から宮仕えするという経済的な理由であった。第二十三段も「ゐなかわたらひしける人の子ども」である。

田舎暮らしと経済的な理由による離別を基盤に第二十三段と第二十四段は描かれている。このことからも、第二十三段の「けこ」を「家子」として「男」が高安の女の「手づから飯匙とりて、家子のうつは物にもりける」行為を経済的理由から不快に思ったという解釈するのが適当だと考えられる。

注

（1）学習院大学文学部日本語日本文学科所蔵三条西家旧蔵伝定家筆本を翻刻。

（2）片桐洋一氏は「伊勢物語とうつほ物語」（『國文学　解釈と教材の研究』第43巻第2号、一九九八年二月）で『伊勢物語』の中に食事する場面の特殊例として第九段と第二十三段を挙げており、当該箇所を「家《け》子《こ》」と表記している。

（3）片桐洋一・山本登朗編『鉄心斎文庫伊勢物語古注釈叢刊』第13巻、八木書店、二〇〇二年。

（4）高崎正秀「矛の力」（『國學院雑誌』第五十四巻第一号、一九五三年四月）による。また、秋山虔は「伊勢物語私論―民間伝承との関連についての断章―」（『文学』第二十四巻第十一号、一九五六年十一月）で、この論を「合理的であるといえるのかもしれない」とし、「ここでは高安の女はおとしめられねばならぬ女性なのではない。かえって、愛する男を恋慕して待ちかね、二つの歌をうたいあげる切実ななげきの人妻として形象されている」と高安の女像を捉え、乗岡憲正はこの指摘を受け、「〝手づから飯匙とりて……〟考―「伊勢物語」〈高安の女〉の場合」（『國學院雑誌』第八十四巻第五号、一九八三年五月）で主婦としての高安の女と〈山の神〉信仰という民俗学的見地から飯匙に注目している。

（5）石田穣二『伊勢物語注釈稿』竹林舎、二〇〇四年。

（6）『日本国語大辞典 第二版』による。また、『日本語源大辞典』（前田富祺監修、二〇〇五年、小学館）によれば、「「いへのこ」の漢字表記「家子」の「家」を音読みした語と説かれる。「いへのこ」がふるく「万葉集」にあるのに対して、「けご」は「竹取物語」の用例が最も古い」とある。家子は『竹取物語』

では工匠の弟子と解せるが、妻子や召使を指す。また、「笥子」の初出としては『伊勢物語』の当該箇所が挙げられる。

（7）絵巻・絵入り本にもこの家子説を享受したものが多く、飯匙を持って器に飯を盛る女と「家子」に該当する童が描かれ、その場面を男が垣間見する構図となっている。こうした構図は「異本伊勢物語絵巻」、「スペンサーコレクション本伊勢物語絵巻」、「小野家本伊勢物語絵巻」、「中尾家本伊勢物語絵本」、「東京国立博物館本住吉如慶筆伊勢物語絵巻」、「嵯峨本第一種伊勢物語」、「鉄心斎文庫本伊勢物語絵巻」、「大英博物館本伊勢物語絵巻」にみられる。（羽衣国際大学日本文化研究所編集『伊勢物語絵巻本大成　資料編』角川学芸出版、二〇〇七年）。

（8）「けこの」部分の校異は、紅梅文庫旧蔵本藤房本「けの」（石田穣二『伊勢物語注釈稿』による）のみである。『万葉集』巻第二一四二番歌「有間皇子自傷結二松枝一歌二首」の一首である有名な「いへなればけにもるいひを　くさまくら　たびにしあれば　しひのはにもる」（家有者　**笥**尓盛飯乎　草枕　旅尓之有者　椎之葉尓盛）でも「け」であった。

（9）竹岡正夫『伊勢物語全評釈　古注釈十一種集成』右文書院、一九八七年。

（10）山本登朗「伊勢物語の高安の女―二十三段第三部の二つの問題」（『國文學』（関西大学国文学会）第八十八号、二〇〇四年二月）、「平安末期における「けこのうつはもの」―「伊勢物語の高安の女」補遺―」（関西大学『国文学』九六号、二〇一二年）のち、『伊勢物語の生成と展開』笠間書院、二〇一七年収載。

（11）原國人「『伊勢物語』二十三段再考」（『中京国文学』第二十五号、二〇〇六年）。

(12)早乙女利光「『伊勢物語』二十三段考―「けこのうつはものにもりける」の解釈と和歌の役割」(『文学・語学』第187号、二〇〇七年三月。「「家口」か「家子」か―『伊勢物語』二十三段の新たな読解のために」(『言語と文芸』126号、二〇一〇年二月)

(13)第二十三段は多くの教科書で採用されている。文部科学省検定高等学校用教科書(平成二十三年度使用)の国語総合の教科書(三十点中現代文編を除く二十五種)では、Bまでを載せる教科書が三点(数研出版社版「国語総合」、明治書院版「高校生の国語総合」、桐原書店版「国語総合」)、第二十三段を全文掲載し、「笥子」説の脚注をつける教科書が八点(教育出版版「国語総合 改訂版」、大修館書店版「国語総合 改訂版」、筑摩書房版「精選国語総合 古典編[改訂版]」・「国語総合[改訂版]」、第一学習出版「高等学校 新訂国語総合 古典編」・「高等学校 改訂版 国語総合」・「高等学校 改訂版 標準国語総合」・「高等学校 改訂版 新編国語総合」)ある。「家子」説は、東京書籍版「精選国語総合」・「国語総合 古典編」の二点が脚注で「家子。家族と使用人を合わせた一族。笥子(飯を盛る器)とする説もある。」と「笥子」よりやや優勢に説明しているのみであるが、従来の「笥子」説を抑え、教科書という場に「家子」説が出された意味は大きい。

(14)『伊勢物語』では大和の女が「振り分け髪」の和歌を詠むが、この連想で両者の髪を対比させているのだろう。

(15)河地修「『伊勢物語』「筒井筒」章段考―化粧をする女、あるいは没落貴族のこと―」(『伊勢物語論集―成立論・作品論―』竹林舎、二〇〇三年)に「夫婦二人の生活の立て直しのための男のやむを得ざる行為」として読むべきであることを指摘している。

(16)前掲注(12)の「家口」説では、高安の女の家族を指し、親を亡くした大和の女と対比的とするが、親に飯を盛る行為は親孝行と解することもできる。

(17)第二章で第十三段は「むさしあふみ」という言葉で「男」が武蔵で「逢ふ身」となった事態を察知する「京なる女」、第十四段は「男」の歌は自分を想ってくれるものを誤解する陸奥の女がいるが、東下りから東国章段へという一連の流れの中で対比されている構図があることを述べた。高安の女と第十四段の女の類似は森本茂『伊勢物語論』(大学堂書店、一九七三年)と前掲注(10)の山本登朗の論にも指摘がある。

(18)大和の女の③「かぜふけば」歌について本章では触れていないが、第四章で、この和歌が詠まれる場の視覚と聴覚の効果について考察した。

(19)圷美奈子「『伊勢物語』二十三段「筒井筒」の主題と構成─「ゐつつ」の風景と見送る女の心─」(『新典社研究叢書199　王朝文学論─古典作品の新しい解釈─』新典社、二〇〇九年)。

(20)大和の女、高安の女が詠む和歌はそれぞれ二首、合計四首あるが、「君」という言葉が入っており、どれも「男」を指し示している。一方、「男」の和歌は一首のみで大和の女を表す「妹」が詠まれている。

(21)『万葉集』三〇四六番歌・巻第十二(寄物陳思)「きみがあたり　みつつもをらむ　いこまやま　くもなたなびき　あめはふるとも」。

(22)丁莉「「待つ女」のイメージの変容」(『伊勢物語とその周縁』風間書房、二〇〇六年)。

第四章　伊勢物語の「音楽」

はじめに

『伊勢物語』は音楽について記す場面が少ない。第四十五段と第八十一段に「遊び」、第六十五段に「笛」が登場する程度である。しかし、他作品との関連からみると、第二十三段で女が詠む「風吹けば」の歌は、同歌を収載する『古今和歌集』九九四番歌左注において、琴を弾く場面がある。他に、第四十九段を引いたとされる『源氏物語』総角巻において「妹に琴教えたる所」とあるが、現存する『伊勢物語』に琴は登場しない。『伊勢物語』には音楽が多く描かれない理由について考察していく。

一　『伊勢物語』に描かれる音楽・楽器

『伊勢物語』に音楽が登場する場面は第四十五段と第八十一段、楽器は第六十五段の「笛」のみである。第四十五段では「遊び」が登場する。

むかし、男ありけり。人のむすめのかしづく、いかでこの男にものいはむと思ひけり。うちいでむことかたくやありけむ、もの病みになりて死ぬべき時に、「かくこそ思ひしか」といひけるを、親、聞きつけて、泣く泣くつげたりければ、まどひ来たりけれど、死にければ、つれづれとこもりをりけり。時は六月のつごもり、いと暑きころほひに、宵は遊びをりて、夜ふけて、やや涼しき風吹きけり。蛍たかく飛びあがる。この男、見ふせりて、

ゆくほたる雲の上までいぬべくは秋風吹くと雁につげこせ

暮れがたき夏のひぐらしながむればそのこととなくものぞ悲しき

「男」は自分を想い亡くなってしまった「人のむすめ」を弔うものとして「遊び」を行う、という解釈が多くされている。この「遊び」については、管弦のあそびとしない説(1)もある。しかし、「遊びをりて」涼しい風が吹き、蛍が飛び上がる情景を見て詠む和歌は娘の魂を蛍に喩えている。管弦の遊びをし、涼しい風が吹いてきたことで手を止めて見ると、蛍が高く飛び上がっているという情景と読める。鎮魂儀礼としての「遊び」として解釈していいだろう。

「遊び」について『竹取物語』では、かぐや姫名づけの後に、「このほど、三日、うちあげ遊ぶ。よろづの遊びをぞしける。男はうけきらはず招び集へて、いとかしこく遊ぶ」とあり、かぐや姫の求婚者たちが竹取の翁の邸宅に集まる場面では、次のようにある。

日暮るるほど、例の集りぬ。あるいは笛を吹き、あるいは歌をうたひ、あるいは声歌をし、あるいは嘯を吹き、扇を鳴らしなどするに、翁、いでて、いはく、「かたじけなく、穢げなる所に、年月を経てものしまたふこと、きはまりたるかしこまり」と申す。

翁が恐縮する姿と対照的に求婚者たちの貴公子たる振る舞いとして音楽が描かれている。この「遊び」「笛」という表現は『伊勢物語』にも共通している。第八十一段は宴場面での「遊び」用例であるが、後述する。

第六十五段の後半部には「笛」が描かれる。

この帝は、顔かたちよくおはしまして、仏の御名を御心に入れて、御声はいと尊くて申したまふを聞きて、女はいたう泣きけり。「かかる君に仕うまつらで、宿世つたなく、悲しきこと、この男にほだされて」とてなむ泣きける。かかるほどに、帝聞こしめしつけて、この男をば流しつかはしてければ、この女のいとこの御息所、女をばまかでさせて、蔵にこめてしをりたまうければ、蔵にこもりて泣く。

あまの刈る藻にすむ虫のわれからと音をこそ泣かめ世をば恨みじ

と泣きをれば、この男、人の国より夜ごとに来つつ、笛をいとおもしろく吹きて、声はをかしうてぞ、あはれにうたひける。かかれば、この女は蔵にこもりながら、それにぞあなるとは聞けど、あひ見るべきにもあらでなむありける。

さりともと思ふ見らむこそ悲しけれあるにもあらぬ身をしらずして

と思ひをり。男は、女しあはねば、かくし歩きつつ、人の国に歩きて、かくうたふ。

いたづらにゆきては来ぬるものゆゑに見まくほしさにいざなはなれつつ

水の尾の御時なるべし。大御息所も染殿の后なり。五条の后とも。

『伊勢物語』中で最も長大で、第三段から第六段までの二条の后章段と第七段からの東下り章段の要素も入れた上で焼き直したような段である。帝の仏名を唱える声の尊さと、「男」の吹く笛と思いをうたう声が対比的に描かれる。「男」が流罪となった「人の国より夜ごとに来つつ」笛を吹きうたう点には、第六段で鬼が登場したような非現実的な異空間性が感じられるが、蔵に籠められた女に届くのは「男」の吹く笛の音とうたう歌のみであることに注目したい。

第四十五段の「遊び」を管弦の遊びと解すると、音楽という聴覚的なものから、風が吹いたことを契機に蛍が飛び上がる視覚的な場面に転じていることになる。第六十五段では、蔵に籠められた女に与えられるのは「音」という聴覚情報のみである。「見まくほしさにいざなはれつつ」と「男」がうたうように、見ることはもう叶わない。和歌を詠むのではなく、うたうことにより反復性を表す。「笛」には歌の声歌という面を強調する役割があるだろう。(2)

以上、第四十五段の「遊び」と第六十五段の「笛」には、それぞれ視覚と聴覚を区別させる役割が担わされているといえる。

二　描かれない楽器「琴」――第二十三段の場合――

他作品との関連から、楽器の存在が透かし見える段に第二十三段と第四十九段がある。どちらも楽器は琴である。第二十三段は『伊勢物語』の成立にも大きく関わる『古今和歌集』と、第四十九段は『源氏物語』との関連である。前章では「けこ」という言葉の解釈を解釈するため、後半部のCの場面を扱ったが、本章では和歌の効果について、第二十三段の前半部A・Bの場面を中心に考察していきたい。

A　むかし、ゐなかわたらひしける人の子ども、井のもとにいでて遊びけるを、おとなになりにければ、男も女もはぢかはしてありけれど、男はこの女をこそ得めと思ふ、女はこの男をと思ひつつ、親のあはすれども、聞かでなむありける。さて、このとなりの男のもとより、かくなむ、

筒井つの井筒にかけしまろがたけ過ぎにけらしな妹見ざるまに

女、返し、

くらべこしふりわけ髪も肩すぎぬ君ならずしてたれかあぐべき

などいひいひて、つひに本意のごとくあひにけり。

B　さて年ごろふるほどに、女、親なく、頼りなくなるままに、もろともにいふかひなくてあらむや

はとて、河内の国、高安の郡に、いき通ふ所いできにけり。さりけれど、このもとの女、あしと思へるけしきもなくて、いだしやりければ、男、こと心ありてかかるにやあらむと思ひうたがひて、前栽のなかにかくれゐて、河内へいぬるかほにて見れば、この女、いとよう化粧じて、うちながめて、

風吹けば沖つしら浪たつた山夜半にや君がひとりこゆらむ

とよみけるを聞きて、かぎりなくかなしと思ひて、河内へもいかずなりにけり。

C　まれまれかの高安に来て見れば、はじめこそ心にくもつくりけれ、今はうちとけて、手づから飯匙とりて、けこのうつはものにもりけるを見て、心憂がりて、いかずなりにけり。さりければ、かの女、大和の方を見やりて、

君があたり見つつを居らむ生駒山雲なかくしそ雨はふるとも

といひて見いだすに、からうじて、大和人、「来む」といへり。よろこびて待つに、たびたび過ぎぬれば、

君来むといひし夜ごとに過ぎぬれば頼まぬものの恋ひつつぞ経る

といひけれど、男、すまずなりにけり。

Bの場面が第二十三段の中心となっている段であり、このBの部分で女が詠む和歌は、『古今和歌集』にもほぼ同文の左注を伴い収載されている。

『古今和歌集』九九四番歌・巻第十八（雑歌下）題しらず　よみ人しらず

風ふけばおきつ白浪たつた山よはにや君がひとりこゆらむ

ある人、この歌は、むかしやまとのくになりける人のむすめにある人すみわたりけり、この女おやもなくなりて家もわるくなりゆくあひだに、このをとこかふちのくにに人をあひしりてかよひつつかれやうにのみなりゆきけり、さりけれどもつらげなるけしきも見えでかふちへいくごとにをとこの心のごとくにしつついだしやりければ、あやしと思ひてもしなきまにこと心もやあるとうたがひて、月のおもしろかりける夜かふちへいくまねにてせんざいのなかにかくれて見ければ、夜ふくるまでことをかきならしつつうちなげきてこの歌をよみてねにければ、これをききてそれより又ほかへもまからずなりにけりとなむいひつたへたる

『古今和歌集』は『伊勢物語』の成立に大きく関係している。この伝承歌の雰囲気をもつ左注から第二十三段はBの部分を核として作られたといえる。ただし、異なる点がある。九九四番歌左注では「月のおもしろかりける夜」と「男」から女の様子がよく見える状態であることが明示されており、「ことをかきならしつつうちなげきて」と琴を弾き嘆いて詠んだ和歌とされている。

一方、第二十三段では、「いとよう化粧じて、うちながめて」と女は琴を弾かず、化粧をしてうち眺めて詠む。化粧にはCにおける高安の女の「はじめこそ心にくもつくりけれ、今はうちとけて」に対比

させる意図がみえるが、大きく異なる点は、なぜ琴を弾かないのかということである。

仁平道明氏は、「身分階層の変化」[3]を理由に挙げる。つまり、「田舎わたらひしける人の子ども」として井のもとでともに遊ぶ代償に、琴をひく行為をうばわれるのである。」という第二十三段のAの箇所との対応関係を指摘する。では、同じ話を載せる『大和物語』第百四十九段ではどうだろうか。

『大和物語』第百四十九段

むかし、大和の国、葛城の郡にすむ男女ありけり。この女、顔かたちいと清らなり。年ごろ思ひかはしてすむに、この女、いとわろくなりにければ、思ひわづらひて、かぎりなく思ひながら妻をまうけてけり。この今の妻は、富みたる女になむありける。ことに思はねど、いけばいみじういたはり、身の装束もいと清らにせさせけり。かくにぎはしき所にならひて、来たれば、この女、いとわろげにてゐて、かくほかにありけど、さらにねたげにも見えずなどあれば、いとあはれと思ひけり。心地にはかぎりなくねたく心憂しと思ふを、しのぶるになむありける。とどまりなむと思ふ夜も、なほ「いね」といひければ、わがかく歩きするをねたまで、ことわざするにやあらむ。さるわざせずは、恨むることもありなむなど、心のうちに思ひけり。さて、いでていくと見えて、前栽の中にかくれて、男や来ると、見れば、はしにいでゐて、月のいといみじうおもしろきに、かしらかいけづりなどしてをり。夜ふくるまで寝ず、いといたううち嘆きてながめければ、「人待つなめり」と見るに、使ふ人の前なりけるにいひける。

風吹けば沖つしらなみたつた山夜半にや君がひとりこゆらむ

とよみければ、わがうへを思ふなりけりと思ふに、いと悲しうなりぬ。この今の妻の家は、龍田山こえていく道になむありける。かくてなほ見をりければ、この女、うち泣きてふして、かなまりに水を入れて胸になむすゑたりける。あやし、いかにするにかあらむとて、なほ見る。さればこの水、熱湯にたぎりぬれば、湯ふてつ。また水を入る。見るにいと悲しくて、走りいでて、「いかなる心地したまへば、かくはしたまふぞ」といひて、かき抱きてなむ寝にける。かくてほかへもさらにいかで、つとゐにけり。かくて月日おほく経て思ひけるやう、つれなき顔なれど、女の思ふこと、いといみじきことなりけるを、かくいかぬを、いかに思ふらむと思ひいでて、ありし女のがりいきたりけり。久しくいかざりければ、つつましくて立てりけり。さてかいまめば、われにはよくて見えしかど、いとあやしきさまなる衣を着て、大櫛を面櫛にさしかけてをり、手づから飯もりをりける。いといみじと思ひて、来にけるままに、いかずなりにけり。この男はおほきみなりけり。

『伊勢物語』第二十三段のAとCの場面を要約し、Bの場面により焦点を当てた展開である。『古今和歌集』九九四番歌と同じく、月の描写がされるが、ここで女は琴を弾くわけでもなく、化粧するのでもない。「使ふ人」の存在が『古今和歌集』九九四番歌のような地方官階級の風情を出しており、この「使ふ人」に対して和歌を言うのである。

また、和歌を詠む前の行動ではなく、和歌を「使ふ人」に言った後の行動が『古今和歌集』九九四番歌と『伊勢物語』第二十三段とは異なる。泣いた後に、金碗に胸を付けると水が沸騰し湯になる。「思ひ」と「火」をかけた女の心の内を表したものであり、その様子を体現してみせたものである。「男」は和歌を聞いた段階では、「わがうへを思ふなりけりと思ふに、いと悲しうなりぬ」と自分の身の上を心配してくれることを愛しく思い、金碗の水が沸騰する様子を見て、「つれなき顔なれど、女の思ふこと、いといみじきことなりける」ことを知り、走り出て行く。

つまり、「男」は女の和歌よりも、和歌に詠まれた「思ひ」により金碗の水が沸騰する様子に動かされたのだ。和歌を聞くという聴覚効果ではなく、視覚効果が強調されている。

三　聴覚効果としての和歌

和歌は書く場合と口に出して詠む場合があり、前者は視覚効果、後者は聴覚効果を持つ。「風吹けば」の和歌は、女が「男」が隠れているとも知らず、身を案じて口にした独詠である。第二十三段で女が歌を口にするまでの行動は「いとよう化粧じて、うちながめて」であり、「男」が「こと心ありてかかるにやあらむと思ひうたがひて」と自分のことは棚に上げ、妻にも別の男の存在を疑いながら隠れて様子を見ている「男」の猜疑心をさらに高めるものである。そうした緊迫感の中で詠まれる和歌は他の女のところへ通う自分の身を案じる祈りともいえるものであった。

化粧をしてうち眺めるという視覚情報から、和歌を口ずさむという聴覚情報への転換は、「風吹けば」

という和歌の効果を最大限に演出している。『古今和歌集』九九四番歌は詞書ではなく、左注で説明されているが、「夜ふくるまでことをかきならしつつうちなげきてこの歌をよみてねにければ」と琴→嘆き→和歌の順番である。琴をかき鳴らす様子も視覚情報ではあるが、それは「音」が介在した聴覚情報である。琴をかき鳴らす様子や嘆く様子から「男」を他の女のもとへ送り出した女の胸の内は十分表現されており、「男」の身を案じる和歌はその一連の流れにある。つまり、『伊勢物語』第二十三段にみられた視覚情報から聴覚情報へ転じる際の和歌の意外性はないのだ。

『大和物語』第百四十九段は、聴覚効果としての和歌よりも視覚効果が強調されているが、聴覚情報のみで展開される第百五十八段がある。

第百五十八段

大和の国に、男女ありけり、年月かぎりなく思ひてすみけるを、いかがしけむ、女をえてけり。なほもあらず、この家に率て来て、壁をへだててすゑて、わが方にはさらに寄り来ず。いと憂しと思へど、さらにいひもねたまず。秋の夜の長きに、目をさまして聞けば、鹿なむ鳴きける。ものもいはで聞きけり。壁をへだてたる男、「聞きたまふや、西こそ」といひければ、「なにごと」といらへければ、「この鹿の鳴くは聞きたうぶや」といひければ、「さ聞きはべり」といらへけり。男、「さて、それをばいかが聞きたまふ」といひければ、女ふといらへけり。

われもしかなきてぞ人に恋ひられし今こそよそに声をのみ聞け

とよみたりければ、かぎりなくめでて、この今の妻をば送りて、もとのごとなむすみわたりける。

新しい女を得た男が壁を隔てた向こう側の妻に聞こえた鹿の声をどのように聞いたかと問う。壁を隔て視覚情報のない中、会話と女の和歌という聴覚情報だけが物語を進めていく。男はこの和歌に感じ入って新しい女を帰し、元の妻の生活に戻る。会話中に詠まれた和歌としては男の返歌も必要となるであろうし、「今の妻」との対比もなく、そうした部分は省略されている。女の和歌も嘆きを詠んだものであり、「風吹けば」歌のような相手の身を案じる内容とは異なる。話の構造は似ているが、演出が異なるといえよう。

『伊勢物語』第二十三段には視覚から聴覚へと転ずる効果が「風吹けば」という女の和歌に集約する演出となっている。「ゐなかわたらひ」という階級設定から、琴を弾く様子が相応しくないという辻褄合わせの面も確かにあるだろうが、『伊勢物語』第二十三段にはあえて女の独詠の効果を上げるために琴を弾くという聴覚情報を排除した演出という意味は大きいだろう。

四　『源氏物語』に描かれた楽器「琴」――第四十九段の場合――

第二十三段では、『伊勢物語』があえて排除した楽器として琴があったが、『源氏物語』が引いた『伊勢物語』第四十九段の中には琴が描き加えられている。まず、『伊勢物語』の第四十九段の本文を揚げる。

むかし、男、妹のいとをかしげなりけるを見をりて、
うら若みねよげに見ゆる若草を人のむすばむことをしぞ思ふ
と聞えけり。返し、
初草のなどめづらしき言の葉ぞうらなくものを思ひけるかな

この第四十九段を引いた『源氏物語』総角巻の箇所は以下の通りである。時雨が降る日、匂宮が女一宮のもとを訪れると、女一宮は絵を見ており、几帳を隔てて話をする場面である。

またこの御ありさまになずらふ人世にありなむや、冷泉院の姫君ばかりこそ、御おぼえのほど、内々の御けはひも心にくく聞こゆれど、うち出でむ方もなく思しわたるに、かの山里人は、らうたげにあてなる方の劣りきこゆまじきぞかしなど、まづ思ひ出づるにいとど恋しくて、慰めに、御絵どものあまた散りたるを見たまへば、をかしげなる女絵どもの、恋する男の住まひなど描きまぜ、山里のをかしき家居など、心々に世のありさま描きたるを、よそへらるること多くて、御目とまりたまへば、すこし聞こえたまひてかしこへ奉らんと思す。在五が物語描きて、妹に琴教へたるところの、「人の結ばん」と言ひたるを見て、いかが思すらん、すこし近く参り寄りたまひて、「いにし

への人も、さるべきほどは、隔てなくこそならはしてはべりけれ。いとうとうとしくのみもてなさせたまふこそ」と、忍びて聞こえたまへば、いかなる絵にかと思すに、おし巻寄せて、御前にさし入れたまへるを、うつぶして御覧ずる御髪のうちなびきてこぼれ出でたるかたそばばかり、ほのかに見たてまつりたまふが飽かずめでたく、すこしもの隔てたる人と思ひきこえましかばと思すに、忍びがたくて、

若草のねみむものとは思はねどむすぼほれたる心地こそすれ

御前なりつる人々は、この宮をばことに恥ぢきこえて、物の背後に隠れたり。ことしもこそあれ、うたてあやしと思せば、ものものたまはず。ことわりにて、「うらなくものを」と言ひたる姫君も、ざれて憎く思さる。紫の上の、とりわきてこの二ところをばならはしきこえたまひしかば、あまたの御中に、隔てなく思ひかはしきこえたまへり。（総角巻　三〇三〜三〇四）

匂宮が「よそへらるること多くて」と自らの姿を重ねて見る絵の中に「在五が物語描きて、妹に琴教へたるところの、「人の結ばん」と言ひたる」一枚がある。女一宮の姿が、『伊勢物語』第四十九段同様「いとをかしげなりける」様子であったのを几帳越しに見た匂宮は、第四十九段歌を引いた和歌を詠む。自らを絵の人物に投影し、絵の中には隔てがない兄妹が描かれるが、匂宮と女一宮の間には几帳が置かれ、恋情を吐露する和歌を送られ返歌した妹とは違い、女一宮は沈黙する。

『伊勢物語』第四十九段の校異として、古本系の最福寺本には「いとをかしききんをしらへけるをみ

て」、時頼本に「イトヲカシケナルキムヲシラフトテミヲリテ」とある。(4) 片桐洋一氏は「これらの諸本こそ『源氏物語』の総角の巻の記述によって本文を改変したと見るべき」とし、「絵に琴が描かれていたに違いない」と述べる。またこの「絵」によって、「うら若みねよげに見ゆる」の「ねよげ」には「根よげ」「寝よげ」に加え、「音よげ」という三重の掛詞を響かせることができると指摘する。(5)

では、琴を教える絵を見て匂宮が詠んだ「若草のねみむものとは思はねどむすぼほれたる心地こそすれ」の「ねみむ」も「根」「寝」と、「音みむ」という琴の音をみる意味が加わるだろうか。

勝亦志織氏は「妹に琴を教える兄」に注目し、『うつほ物語』の妹であるあて宮に琴を教えることを口実に近づく兄・源仲澄(6)から近親恋愛のイメージがあることを指摘し、「『源氏物語』では、『伊勢物語』・『うつほ物語』の両者を引用することで近親恋愛的な場面をこれみよがしに創り上げているといえないだろうか(7)」とする。この『源氏物語』総角巻では、「在五が物語描きて、妹に琴教へたるところの」と場面を断定しているが、「人の結ばん」だけで、第四十九段だと容易にわかるはずである。単に『伊勢物語』の引用としてならば、「妹に琴教へたるところの」という一文がなくてもよいのではないか。ここに、妹に琴を教えるという要素が加わることによって、勝亦氏の指摘の通り、近親恋愛性を高めているといえる。

妹に琴を教えるという行為の近親恋愛性は『うつほ物語』から付与されたのであって、『伊勢物語』にはない要素である。『うつほ物語』に描かれた同母妹に恋をしながら琴を教える兄という構図が、『伊勢物語』が「絵」(8)にされた時に取り込まれ、そうした「絵」を『源氏物語』は匂宮と女一宮の関係に投影させる小道具としている。この場面が『うつほ物語』を経由して描かれていると考えられ、『伊勢物語』第四十一段に「琴」はやはり必要ない。

次に『うつほ物語』と『伊勢物語』の音楽について記すことと和歌の比重についてみてみたい。

五　『うつほ物語』における和歌と音楽

『伊勢物語』は和歌を中心に据え「歌物語」と分類される作品であるが、日本初の長編物語作品と呼ばれる『うつほ物語』は琴という音楽を主題にしている。音楽を中心にした物語では、和歌はどのような位置にあるのか。『うつほ物語』首巻である俊蔭の巻において、俊蔭の娘と若小君（兼雅）が出会う場面を見てみたい(9)。

東面の格子一間上げて、琴をみそかに弾く人あり。立ち寄り給へば、入りぬ。「飽かなくにまだきも月の」などのたまひて、簀子の端に居給ひて、「かかる住まひし給ふは、誰ぞ。名告りし給へ」などのたまへど、いらへもせず。内暗なれば、入りにし方も見えず。月やうやう入りて、

立ち寄ると見る見る月の入りぬれば影を頼みし人ぞわびしき

また、

入りぬれば影も残らぬ山の端に宿惑はして嘆く旅人

などのたまひて、かの人の入りにし方に入れば、塗籠あり。（俊蔭　二五〜二六）

琴の音に惹かれて兼雅は俊蔭の娘と出会う。「飽かなくにまだきも月の」は「あかなくにまだきも月のかくるるか山のはにげていれずもあらなむ」と『古今和歌集』八八四番歌（巻第十七雑歌上）あるいは、『伊勢物語』第八十二段で寝所に入ろうとする惟喬親王を引き留めようと詠まれる和歌の引用である。暗い中を月の明かりを頼りに行方を探り、詠む和歌二首目にも「山の端」という表現が使われ、この場面で兼雅の業平幻想が垣間見える。

『伊勢物語』と『うつほ物語』の和歌を比較した藤井貞和氏の論[10]に、地の文と和歌との対応関係が指摘されている。『伊勢物語』は和歌から前文が創り上げられるのに対し、『うつほ物語』は前文部分と作歌部分に類似した言い回しを見、説明された上で歌が詠まれる点で異なるとする。

『うつほ物語』は柱となる秘琴伝授という音楽以外に、あて宮求婚譚ももう一つの大きな柱となっているが、祭の使巻に、以下のような場面がある。

仲忠、空蟬の身に、かく書きつけて奉る。

「言の葉の露のみ待つうつせみもむなしき物と見るがわびしさ

まして、いかならむ」と聞こえたり。あて宮、

「言の葉のはかなき露と思へどもわがたまづさと人もこそ見れ

と思ふになむ、聞こえにくき」と聞こえ給へり。（祭の使　二〇五）

返事を請う仲忠が空蝉に書きつけて詠む和歌に対して、あて宮は迂闊に手紙にした返事はしにくいと断る歌を詠む。視覚、聴覚というよりは、手紙という存在が物体として残るものであることを意識しているが、この和歌は会話の一部と化している。

男女の恋歌とは別に、『うつほ物語』に多く描かれる宴の場面には参加者により、次々と和歌が詠まれる。例えば、吹上・上巻の源涼邸、「三月中の十日ばかりに、藤井の宮に、藤の花の賀し給ふ」という場面では、以下のように和歌が詠まれる[11]。

例の、物の音ども掻き合はせて、かはらけ度々になりて、君たち、大和歌遊ばす。「藤の花を折りて、松の千歳を知る」といふ題を、国のぬし、

藤の花挿頭せる春を数へてぞ松の齢も知るべかりける

あるじの君、

春雨の匂へる藤に懸かれるを齢ある松のたまかとぞ見る

侍従、

藤の花染め来る雨もふりぬれば玉の緒結ぶ松にぞ見えける

少将、

汀なる松に懸かれる藤の花影さへ深く思ほゆるかな

良佐、

円居していづれ久しと藤の花懸かれる松の末の世を見む

国の権の守、

藤の花懸かれる松の深緑一つ色にて染むる春雨

右近将監松方、

紫のいとど乱るる藤の花映れる水を人しむすべば

右近将監近正、

藤の花宿れる水のあはなれば夜の間に波の折もこそすれ

右近将監時蔭、

藤の花色の限りに匂ふには春さへ惜しく思ほゆるかな

国の介、

匂ひ来る年は経ぬれど藤の花今日こそ春を聞き始めけれ

まつりごと人種松、

春の色の汀に匂ふ花よりも底の藤こそ花と見えけれ

などて遊び暮らす。（吹上・上　二六〇〜二六一）

次々と詠人と和歌が列挙される。音楽と酒を愉しみ、題に合わせて一人ずつ和歌を詠み上げる宴の空間である。和歌を詠み終わった後にまた「遊び暮らす」と述べられ、音楽に縁取られる空間である。『伊勢物語』第八十一段の源融の河原院の宴場面と比較してみたい。

第八十一段

むかし、左のおほいまうちぎみいまそがりけり。賀茂河のほとりに、六条わたりに、家をいとおもしろく造りてすみたまひけり。十月のつごもりがた、菊の花うつろひさかりなるに、もみぢのちぐさに見ゆるをり、親王たちおはしまさせて、夜ひと夜、酒飲みし遊びて、夜明けもてゆくほどに、この殿のおもしろきをほむる歌よむ。そこにありけるかたゐおきな、板敷のしたにはひ歩きて、人にみなよませはててよめる。

塩竈にいつか来にけむ朝なぎに釣する船はここによらなむ

となむよみけるは。陸奥の国にいきたりけるに、あやしくおもしろき所々多かりけり。わがみかど六十余国の中に、塩竈といふ所に似たるところなかりけり。さればなむ、かのおきな、さらにここをめでて、塩竈にいつか来にけむとよめりける。

親王たちが参加しており、河原の院を褒める歌を詠むものの、それらの和歌は省略されている。飲酒と「遊び」の管弦の音楽が後景として添えられている。ここでの「遊び」は親王たちの和歌を省略した代替的な音としての役割があろう。「人にみなよませはててよめる」という一文は、一瞬音を止めた状態で「かたゐおきな」が河原の院における塩竈の発見を詠み、陸奥の国経験者として「左のおほいまうちぎみ」こと源融と繋がる瞬間の演出である。

第八十一段に続く第八十二段は惟喬親王の元に集う人々の宴が描かれる。中盤に天の河で惟喬親王が題詠させる場面がある。

御供なる人、酒をもたせて、野よりいで来たり。この酒を飲みてむとて、よき所を求めゆくに、天の河といふ所にいたりぬ。親王に馬の頭、大御酒まゐる。親王ののたまひける、「交野を狩りて、天の河のほとりにいたる、を題にて、歌よみて盃はさせ」とのたまうければ、かの馬の頭よみて奉りける。

狩りくらしたなばたつめに宿からむ天の河原にわれは来にけり

親王、歌をかへすがへす誦じたまうて、返しえしたまはず。紀の有常、御供に仕うまつれり。それが返し、

ひととせにひとたび来ます君待てば宿かす人もあらじとぞ思ふ

惟喬親王が何度も口ずさむものの返歌できないという描写は、馬の頭の和歌が素晴らしい為だと解されるが、返歌できないほどの秀歌の存在は宴という場においては、場を乱しかねない異分子ともいえる

のではないだろうか。この場面では、紀有常が代わりに返歌することでその場をまとめ収めているともいえる。

第八十一段の源融の河原の院も第八十二段の惟喬親王の渚の院も政治的敗者の集団と位置付けられ、公の宴ではない。どちらも花を愛で、酒を飲みながら和歌を詠み合う空間なのである。公の宴としては、第九十七段が挙げられる。

むかし、堀河のおほいまうちぎみと申す、いまそがりけり。四十の賀、九条の家にてせられける日、中将なりけるおきな、

桜花散りかひ曇れ老いらくの来むといふなる道まがふがに

藤原基経の四十の賀において寿ぎにしては「散りかひ曇れ」「老い」という不吉な言葉を用いて老いを遠ざける旨を詠んでいる。また、第百一段でも、

むかし、左兵衛の督なりける在原の行平といふありけり。その人の家によき酒ありと聞きて、上にありける左中弁藤原の良近といふをなむ、まらうどざねにて、その日はあるじまうけしたりける。なさけある人にて、かめに花をさせり。その花のなかに、あやしき藤の花ありけり。花のしなひ、三尺六寸ばかりなむありける。それを題にてよむ。よみはてがたに、あるじのはらからなる、ある

じしたまふと聞きて来たりければ、とらへてよませける。もとより歌のことはしらざりければ、すまひけれど、しひてよませければ、かくなむ、

咲く花の下にかくるる人を多みありしにまさる藤のかげかも

「などかくしもよむ」といひければ、「おほきおとどの栄花のさかりにみまそがりて、藤氏の、ことに栄ゆるを思ひてよめる」となむいひける。みな人、そしらずなりにけり。

皆の歌が詠み終わる頃にやってきた主・在原行平の「はらから」が藤原氏を揶揄するような挑発的な歌を詠む。ここでも他の参加者の歌を省略されているが、明らかに宴の場を乱す行為である。

一方、『うつほ物語』では、先述のように参加者の和歌が列挙されそれぞれの思いが込められてはいるが、一首が特別クローズアップされることはない。『うつほ物語』が特別視するのは琴の音であり、和歌は会話や手紙文の一部といえる。先に引いた俊蔭の娘と兼雅の出会いから後、再会においても、琴の音が契機となる。俊蔭から「幸ひにも災ひにも、極めていみじからむ時、弾き鳴らせ」（俊蔭　四三）と伝えられた二つの琴の一つ南風の琴を弾き鳴らしていたところ、その音を聞きつけた兼雅は「琴の声と聞こゆれど、多くの物の音合はせたる声にて、内裏に候ふせた風の一つ族なるべし。いざ給へ。近くて聞かむ」（俊蔭　四三）と音を辿り俊蔭の娘と再会し、息子の仲忠と対面する。しかし、この場面に和歌はない。

会話によって物語が進められていく『うつほ物語』だが、『伊勢物語』のような和歌を詠む前に和歌

の効果を最大限発揮するような演出はない。『伊勢物語』が中心にしたのは和歌であったが、『うつほ物語』においては琴、特に秘琴の音楽であった。(12)

つまり、和歌を詠むことと音楽はどちらも書かれた〈音〉であった。

おわりに

『伊勢物語』第二十三段と第四十九段を中心に、『伊勢物語』にあまり描かれない音楽の意味を考察した。和歌を核として展開する『伊勢物語』には、和歌の力を最大限に生かすことが主眼となっている。和歌を詠むという聴覚効果を演出するために、それ以外の音は排除されなければならない。「風吹けば」の歌が、『古今和歌集』九九四番歌のような伝承歌から第二十三段の三場面にわたる物語になる為に、「風吹けば」歌が物語の中心となるべく演出されている。

化粧してうちながめるという行動は「男」の妻にも他に男がいるのではないかという疑いの緊迫感を一気に高めた後の反転、夫の身を案じる思いを詠む和歌に弛緩される。視覚から聴覚に転ずる効果によって女の思いは和歌に集約され表現される。第二十三段で女が琴を弾かない理由にはそうした和歌という聴覚効果を最大限生かす為の演出であった。

第四十九段を前提とした『源氏物語』総角巻には琴を教えるという絵が登場するが、これは琴という音楽を中心にした『うつほ物語』で仲澄が同腹妹であるあて宮に琴を教えるという近親恋愛的要素を加えたものだと考えられる。

音楽を主題に長編物語作品として成った『うつほ物語』との和歌の取り扱い方の比較においても、如何に『伊勢物語』が和歌の演出に集約した作品であるかが明らかになった。歌物語と長編物語という二つの形態を代表する作品に占める音楽の位置を見ることにより、『伊勢物語』が詠む和歌の聴覚効果を生かすために、音楽を制御し、和歌の力を発揮できる空間を作り出していることが浮き彫りになった。

注

（1）『愚見抄』「うれへの中にあそぶべきにあらず。程すぐむをいふべし」、『勢語臆断』「これらはよろづのしわざを打やめたるを遊ふといへる歟」、『古意』「いとま有てをるをも遊ぶと云也、葬禮の事のみ執て、常は公事なきを遊部と云が如し」。

（2）『闕疑抄』と『勢語臆断』は『古今和歌六帖』三四〇九歌（第五・「ふえ」）「いへばえにふかくかなしきふえ竹のよごゑやたれとゝふ人もがな」を引く。また、『臆断』には「笛を吹てうたふは、それとしられんとなるへし」とする。

（3）仁平道明「『伊勢物語』二十三段と李白「長干行」」（『文藝研究』第100集、一九八二年五月）。また、菊地靖彦「『大和物語』における「大和」をめぐって―一四九段を発端として―」（『文藝研究』第103集、一九八三年五月）において、同様に「齟齬をせめても小さくしようとする」ためとし、これを引く雨海博洋氏も「河内の国高安と大和の国葛城―伊勢物語と大和物語」（福井貞助編『伊勢物語―諸相と新見』風間書房、一九九五年）で地方官階級から行商風情への変化としていると指摘する。

（4）池田亀鑑『伊勢物語に就きての研究　校本篇』（大岡山書店、一九五八年）。石田穣二（『伊勢物語注釈稿』竹林舎、二〇〇四年）は、この二本の「しらぶ」の箇所を問題とし、「最福寺本・時頼本の本文は逆に「をしふ」から「をしらふ」に転訛した結果を伝えていると考える方がよさそうである。「きんをしふとて」（吉田本書き入れ一本）→「キムヲシラフトテ」（時頼本）→「きんをしらべけるを」（最福寺本）といった過程は十分に考えられるところである。時頼本の本文の不自然さは転訛した傍書本文をそのまま本文に取り入れた所に発し、最福寺本の本文はその修正と見るのである」とする。

（5）片桐洋一『鑑賞日本の古典　第五巻』角川書店、一九七五年。

（6）仲澄があて宮に琴を教える場面は全四例ある。

①　この侍従も、あやしき戯れ人にて、よろづの人の、「婿になり給へ」と、をさをさ聞こえ給へども、さもものし給はず、「この同じ腹にものし給ふあて宮に聞こえつかむ」と思せど、あるまじきことなれば、ただ、御琴を習はし奉り給ふついでに、遊びなんどし給ひて、こなたにのみなむ、常にものし給ひける。（藤原の君　七八）

②　長門、喜びて参りぬ。孫の、たてきといふを呼びて、「姫君は、いづくにかおはします」。たてき、「侍従の君と、御琴遊ばす」。（藤原の君　九七）

③　侍従の君、御琴遊ばすついでに、

人を思ふ心いくらに砕くれば多く忍ぶになほ言はるらむ

例の聞き入れ給はず。……

［ここは、大将殿。あて宮、おはす。侍従の君と、御琴遊ばす。……］（藤原の君　一〇二）

④「何かは、知り給へれば。まだ小さかりし時、箏の琴習はしし頃なむ、あやしく、思はぬやうなる気色なむ見えし。……」（蔵開・上　五一四）

（7）勝亦志織『物語の〈皇女〉―もうひとつの王朝物語史』笠間書院、二〇一〇年、第一章第二節。

（8）実際にあった「絵」を前提としているよりは、「琴」と「音」という聴覚要素を「絵」という視覚要素の中に閉じ込めて描く点から、『うつほ物語』の引用を『伊勢物語』と同レベルで表現しようとしない『源氏物語』の態度が見て取れようか。

（9）琴をみそかに弾く音に惹かれて立ち寄る場面には、『古今和歌集』九八五番歌（巻第一八　雑歌下）の影響が指摘される。

ならへまかりける時に、あれたる家に女の琴ひきけるをききてよみていれたりけるよしみねのむねさだ

わびびとのすむべきやどと見るなへに歎きくははることのねぞする

（10）藤井貞和「和歌と物語―『伊勢物語』そして『宇津保』」（『國文學　解釈と教材の研究』第43巻第2号、一九八八年二月）。

（11）この藤井の宮の前には「渚の院」にて「都鳥」歌を詠む場面があり、『伊勢物語』との関連が認められる。

（12）伊藤禎子「書物〈音〉」（『うつほ物語』と転倒させる快楽』森話社、二〇一一年）は「「音声」こそを

「書かれた物」の上に位置づけようとする。しかしそれ自体は、やはり「書かれた物」なのである」と述べ、『うつほ物語』における書かれた〈音〉について考察している。

第五章　第四十五段「蛍」

はじめに

物語内における和歌解釈は、どこまで散文部分を解釈に反映させるかという問題を孕んでいる。同じ和歌であっても、詞書による詠歌状況の違いで意味が異なるように、物語内における散文と和歌の関係について注意する必要がある。

本章では、『伊勢物語』第四十五段の和歌を例に物語と和歌の関係を考えてみたい。

第四十五段は、大切に育てられていた娘が「男」に恋をするが、言い出せないまま病になり、ついに死の床で想いを打ち明ける。娘の親から知らされた「男」は慌ててやってくるが、女は死んでしまい、その後、「男」の和歌が二首続く段である。

堀辰雄の「かういふ一段を読んでをりますと、何かレクヰエム的な、―もの憂いやうな、それでゐて何となく心をしめつけてくるやうなものでいつか胸は一ぱいになつて居ります(1)」という鑑賞で知られる段である。「レクヰエム的」とは、この段を簡潔に表現しているといえるが、その「レクヰエム的」雰囲気をどこまで段末の和歌の解釈に汲み取るべきだろうか。

「蛍」と「雁」は何を表象するのか、和歌が段末に二首おかれる意味はなにか。これらの問題について物語と和歌の関係をみながら『伊勢物語』の〈音〉について考察する端緒を開きたい。

一　「蛍」の表象

『伊勢物語』第四十五段の本文は次の通りである。

むかし、男ありけり。人のむすめのかしづく、いかでこの男にものいはむと思ひけり。うちいでむことかたくやありけむ、もの病みになりて、死ぬべき時に、「かくこそ思ひしか」といひけるを、親、聞きつけて、泣く泣くつげたりければ、まどひ来たりけれど、死にければ、つれづれとこもりをりけり。時は六月のつごもり、いと暑きころほひに、宵は遊びをりて、夜ふけて、やや涼しき風吹きけり。蛍たかく飛びあがる。この男、見ふせりて、

ゆくほたる雲の上までいぬべくは秋風吹くと雁につげこせ

暮れがたき夏のひぐらしながむればそのこととなくものぞ悲しき

女の死後、「男」は「つれづれとこもりをりけり」と喪に服す。『令』の「喪葬令(2)」によると、死によって喪に服すのは死人の縁者に限られているが、この男は娘の縁者ではない。「規定上は喪に服する必要はないのであるが、自分のために死んだ娘をあわれんで、縁者と同様に喪に服したのである(3)」とする説があるが、片桐洋一氏は、『拾芥抄(4)』による死人のかたわらに坐ってしまうと三十日の間出仕でき

ない点を挙げ、これを否定する。(5)

また、籠る場所についても、女の家をする説と「男」の自邸とする説がある。服喪ならば、女の家、触穢ならば、「男」の自邸と解されるが、ここでは、女と「男」の関係が親しいとはいえない点から触穢とすべきであろう。しかし、市原愿氏は、「ゆくほたる」歌が「いかにも女の柩の前で詠むにふさわしい(6)」として、空に昇りゆく蛍が亡き女の魂を可視化した歌であることを根拠に女の家に籠っているとする。

蛍について、魂を可視化した喩として詠む方法は、『後拾遺和歌集』巻第十九（雑五）神祇・一一六二番歌に和泉式部の有名な歌がある。

をとこにわすられて侍けるころきぶねにまゐりてみたらしがはにほたるのとび侍けるをみてよめる

和泉式部

ものおもへばさはのほたるをもわがみよりあくがれいづるたまかとぞみる

「蛍の光を魂の象徴とみる発想は、より古代的な信仰に発しているとみられる。しかし、実際には、前代の『万葉集』の時代の歌などにはほとんど例をみない(7)」と鈴木日出男氏が述べるように、蛍を魂に喩える発想は比較的新しいものであった。『古今和歌集』に詠まれた蛍は、漢詩文の影響も受け、

「恋の思ひ」の掛詞として恋歌に詠まれ、夏の歌には登場しない。『後撰和歌集』巻第四・夏・二〇九番歌に、

桂のみこのほたるをとらへてといひ侍りければ、わらはのかざみのそでにつつみて
つつめどもかくれぬ物は夏虫の身よりあまれる思ひなりけり

とあるこの和歌により、夏虫として認識されるようになった。(8)

では、和泉式部以前に蛍を魂と喩える例がないかというと『古今和歌六帖』第六「ほたる」に「ゆくほたる」歌に続いて、四〇一二番に紀貫之の「夏の夜はともすほたるのむねの火ををしもたえたる玉とみるかな」と見立てる例がある。

そして、『伊勢物語』にも萌芽が見いだせる。『伊勢物語』中には、他に蛍が登場する段が二段ある。源至が女を見ようと車に蛍を入れる第三十九段の舞台は、皇女「たかい子」の葬送であり、第八十七段では、布引の滝を見た帰り、「うせにし宮内卿もちよしが家の前」で漁火を「河べの蛍かも」と喩えて詠む。『伊勢物語』では死者にまつわる場面で蛍が詠まれるのだ。そこには蛍を死者の魂としてイメージさせる雰囲気があるが、和泉式部のような自分の身体から離れ出たというような自覚的なものではない。

蛍のイメージについて第四十五段もそうした過渡期の段階にあると仮定するならば、女の柩から空に

昇りゆく魂というような具体的なものではなく、男が自邸で見た蛍に女の魂を重ねたと考えられる。

なお、現代の注釈書で、蛍を女の魂とみる説は、『伊勢物語評解』、『新日本古典文学大系』、『新編日本古典文学全集』、『鑑賞日本古典文学』などである。和泉式部歌ほどの明確な喩ではないものの、蛍を女の魂に重ねて詠む点に異論はない。一方で、雁を死者の魂とみる説がある。

二 「雁」の表象

石田穣二氏は「娘の魂を雁にそよえて、秋風が吹いているから帰ってくるようにと、魂のよみがえりを願う歌であろう(9)」といい、鈴木日出男氏は「諸説があって一定しないが、この「雁」には亡き女の霊魂が込められているのに対して、「蛍」は男自身の魂ではあるまいか。男の身からあくがれ出た魂が、女の魂とはじめて天上で邂逅する趣であるといえよう(10)」として、蛍を「男」の魂とする。同様に、中野方子氏も蛍を男の魂の化身とするが、雁は常世と死者の国との往来が可能な存在であるため、女の魂を運ぶように頼むと述べる(11)。

蛍を「男」の魂、雁を亡き女の魂として、あるいは女の魂が既に常世にあるものとして解釈しているが、蛍を「男」自身の遊離魂とするには、後世の和泉式部歌の影響を強く受けすぎており、雁を女の魂とするのは時間的に早過ぎるのではないだろうか。

つまり、「男」が「つれづれとこもりをりけり」と籠っているので、女が亡くなってからまだそう時間は経っていない。蛍（＝男）との邂逅を願い、雁に女の魂を投影する、あるいは、常世からの使いとしての役目を頼むのは、既に女の魂が現世になく、常世にあるかのようになり、「男」の籠っている期間三十日と合わない。従って、蛍はやはり亡き女の魂が常世に向かうイメージを重ねたとすることが妥当である。

では、雁は一体何を表象しているのか。

「ゆくほたる」歌は『後撰和歌集』巻第五（秋上）二五二番に題しらずで「業平朝臣」の歌として収載されている。「伊勢物語四十五段にも見えるが、物語がない場合は、秋を待つ思いを雁を待つ形で表わしたことになる。[12]」とある通り、ここで表現されているのは秋を待つ思いのみである。同様に『古今和歌六帖』第六「蛍」四〇一一番にも収載されている。詞書のない和歌だけでこの「ゆくほたる」歌を解釈するならば、蛍は夏、雁は秋の風物として、秋の訪れを待ち望むものとなる。では、『伊勢物語』の中でこの和歌はどのような解釈ができるだろうか。

折口信夫は和泉式部の歌の影響を受け、「何でもない夏の季節の蛍の歌が、こういう詞書を引き出してくる。そういう刺激を歌自身がもっているのだ[13]」として、蛍に魂の表象誘発要素があることを認めつつ、和歌に物語の解釈を持ち込まない。

雁は『古今和歌集』でも巻第四（秋歌上）二〇六番歌に

はつかりをよめる　　在原元方

まつ人にあらぬものからはつかりのけさなくこゑのめづらしきかな

というように、秋の鳥として詠まれ、『伊勢物語』第六八段には、住吉の浜で「男」が詠む歌「雁鳴きて菊の花さく秋はあれど春のうみべにすみよしの浜」があり、ここでも秋の代表的な鳥として詠まれている。第十段にも武蔵の国で女の「藤原なりける」母と「頼むの雁」をめぐる贈答があるが、この「雁」は女を指した表現である。

また、前述の通り、雁には魂を運ぶ使いとする説あり、『斎宮女御集』三五番歌が例に挙げられる。

しらつゆのきえにしほどのあきまつととこよのかりもなきてとひけり(14)

この歌では、父宮（重明親王）を亡くした秋を待っていると常世の雁も鳴き訪ねてくれると詠んでいる。

『勢語臆断』は雁が秋の渡り鳥であることから、魂もまた帰ってくるようによそえたものとし、塗籠本を本文とする『日本古典全書』などにも引き継がれるが、竹岡正夫氏は、雁を魂と見る例が当該歌を収載する『後撰和歌集』に見られないことから否定している(15)。

「ゆくほたる」歌での雁には、女の魂や常世からの使いといった役割はなく、秋にやってくる鳥として詠まれている。歌語として雁に「使い」の役割が付加されていく中にあるといえるだろう(16)。次に、この段の構成、和歌の配置について考えてみたい。

三　二首並列の和歌

この段は末尾に和歌が二首並列されていることから、『伊勢物語』中でも珍しい形とされている。塗籠本（『日本古典全書』による）では、この二首の和歌は次のようにそれぞれ別の段を構成している。(17)

塗籠本　第四十三段

昔、みやづかへしける男、すずろなるけがらひにあひて、家にこもりいたりけり。時はみな月のつごもりなり。ゆふぐれに、風すずしく吹、螢など、とびちがうを、まぼりふせりて、

ゆくほたる雲のうゐまでいぬべくは秋かぜふくとかりにつげこせ

塗籠本　第四十四段

昔、すきもののこころばゐあり、あてやかなりける人のむすめのかしづくを、いかでものいはむとおもふ男ありけり。こころよはく、いひいでんことやかたかりけん、ものやみになりて、しぬべきとき、「かくこそおもひしか」といふに、をや、ききつけたりけり。まどひきたるほどに、しにければ、いゐにこもりて、つれ〴〵とながめて、

くれがたきなつのひぐらしながむればその事となくものぞかなしき

このような構成の違いから、成立の問題が問われてきた。[18]つまり、どちらが先行するかということだが、ここでは構成と表現の比較にとどめたい。

この塗籠本では第四十三段で「すずろなるけがらひ」として、思いがけず死などの穢れに触れてしまい、家に籠らねばならなくなった男が詠んだとして「ゆくほたる」の和歌がある。「みやづかへしける男」とされることからも、穢れに触れ出仕できなくなったことが分かる。天福本より露骨な書き方である。

そうした状況で詠まれる「ゆくほたる」歌は、天福本のような「レクヰエム」的雰囲気を持っていない。早く季節が移り、服喪期間が終わることを望んでいるようにも解釈できる。

続く第四十四段は天福本第四十五段に類似するが、当然、蛍の場面と歌はない。「その事となくものぞかなしき」に、親しかったわけではないが、自分を想ってくれていた女の死を、戸惑いながら悼む様子が表われている。

天福本の解釈においても「ゆくほたる」歌と「くれがたき」歌の二首は詠まれた状況が異なるのではないかという疑問を呈する論も『肖聞抄』や『闕疑抄』、『勢語臆断』などの古注からみられる。塗籠本では、別の段の話となっているため、こうした問題は生じていないが、天福本ではなぜ二首続けて和歌が詠まれるのだろうか。

二首歌が並列されるという例は『伊勢物語』中にないため、特異なものとして扱われがちだが、石田穣二氏[19]が第十六段の末尾との類似を指摘している。

むかし、紀の有常といふ人ありけり。三代のみかどに仕うまつりて、時にあひけれど、のちは世かはり時うつりにければ、世の常の人のごともあらず。人がらは、心うつくしく、あてはかなることを好みて、こと人にもにず。貧しく経ても、なほ、むかしよかりし時の心ながら、世の常のこともしらず。年ごろあひ馴れたる妻、やうやう床はなれて、つひに尼になりて、姉のさきだちてなりたる所へゆくを、男、まことにむつましきことこそなかりけれ、いまはとゆくを、いとあはれと思ひけれど、貧しければするわざもなかりけり。思ひわびて、ねむごろにあひ語らひける友だちのもとに、「かうかう、いまはとてまかるを、なにごともいささかなることもえせで、つかはすこと」と書きて、奥に、

手を折りてあひ見しことをかぞふれば十といひつつ四つは経にけり

かの友だちこれを見て、いとあはれと思ひて、夜の物までおくりてよめる。

年だにも十とて四つは経にけるをいくたび君をたのみ来ぬらむ

かくいひやりたりければ、

これやこのあまの羽衣むべしこそ君がみけしとたてまつりけれ

よろこびにたへで、また、

秋やくるつゆやまがふと思ふまであるは涙のふるにぞありける

右のように、第十六段は、紀有常を中心にした段であり、出家した妻へ贈る物がないことを嘆く有常の「手を折りて」歌に対し、「友だち」である男の「年だにも」歌と贈り物がくる。これに対し、有常は「これやこの」歌を詠み、「よろこびにたへで、また」と「秋やくる」歌を詠むのである。

相手からの返歌を待たず、「よろこびにたへで」と二首目を詠むため、段末二首はどちらも有常の歌である。抑えきれない喜びという友だちへの感謝から二首立て続けに詠んだと解釈できる。つまり、「あまの羽衣」「きみがみけし」として、相手の贈り物を賞賛した後に、「つゆやまがふ」と涙して喜ぶ自分の感情を伝えている。

この第十六段では贈答歌であり、第四十五段はどちらも独詠歌であるという違いはあるが、抑えきれない感情の表出という点では共通するだろう。第四十五段も「ゆくほたる」歌で、蛍に亡き女の魂が昇天するイメージを重ね、秋の到来を雁に伝えてくれと詠み、「くれがたき」歌で「そのこととなくものぞ悲しき」という自らの感情を詠み上げる。一首に収まりきらない感情を二首目に託しているが、それは一首目の和歌によって沸き起こった感情であり、自己陶酔的ともいえよう。

また、この物語が「時は六月のつごもり」と設定されていることについて、関根賢司氏は「夏の終り、秋の訪れを待つ、絶妙な時日。二首の歌が併存しうる状況の設定である」[20]と述べる。夏と秋の移り変わりの時期に、「ゆくほたる」歌は秋を待ち望む想いを詠み、「くれがたき」歌は、ゆく夏を惜しむ想いが詠まれている。こうした季節感は中国漢詩による影響が大きいことを確認しておきたい。

四　影響関係

蛍と雁が同時に詠み込まれている歌は珍しく、『和漢朗詠集』[21]巻上「蛍」にみられる許渾の詩、「蒹葭水暗蛍知夜　楊柳風高雁送秋」（蒹葭水暗うして蛍夜を知る　楊柳風高うして雁秋を送る）の影響が指摘されている。

また、この第四十五段の影響を受けたものとして『源氏物語』幻巻の次の場面がある。

いと暑きころ、涼しき方にてながめたまふに、池の蓮の盛りなるを見たまふに、「いかに多かる」などまづ思し出でらるるに、ほれぼれしくて、つくづくとおはするほどに、日も暮にけり。蜩の声はなやかなるに、御前の撫子の夕映えを独りのみ見たまふは、げにぞかひなかりける。

つれづれとわが泣きくらす夏の日をかごとがましき虫の声かな

蛍のいと多う飛びかふも「夕殿に蛍飛んで」と、例の、古言もかかる筋にのみ口馴れたまへり。

夜を知る蛍を見てもかなしきは時ぞともなき思ひなりけり

（④幻巻　五四二～五四三）

ここで光源氏が言う「夕殿に蛍飛んで」により、「例の古言」が「長恨歌」であることが分かる。[22]幻巻は亡き紫の上を偲ぶ一年が描かれ、ここに楊貴妃を失った玄宗皇帝の「夕殿蛍飛思悄然　孤灯挑尽未成眼」という嘆きが重ねられている。

上野理氏は、蛍をみて使者をしのぶことに「長恨歌」が媒介となっているとし、この『源氏物語』幻巻の場面から逆に、『伊勢物語』第四十五段に「長恨歌」が影響しており、『源氏物語』はその方法を正しく理解し、この場面を作り上げたのだという。(23)泉紀子氏も絵画的視点から、「玄宗が庭の蛍を見る〈構図〉、その中の玄宗の立場から感傷的に詠まれる和歌のありようと重なるように思われてくる」(24)と、第四十五段の成立に「長恨歌（絵）」の影響関係を指摘している。(25)

和泉式部の和歌ほど可視化された具体的な魂として蛍が詠まれる以前に、「長恨歌」から死者を思い出ししのぶものとしての蛍というイメージを持っていたことが確認できた。

最後に「くれがたき」歌についてみておきたい。

五　「ひぐらし」の存在

この段の最後に置かれた「暮れがたき夏のひぐらしながむればそのこととなくものぞ悲しき」という歌は『続古今和歌集』巻第三（夏歌）二七〇番に「題不知　在原業平朝臣」とあるが、『伊勢物語』から採られたものだろう。蜩は『万葉集』時代は夏と秋の季節で詠まれていたが、『古今和歌集』では、巻第四・秋歌上の二〇四番・二〇五番に二首、

ひぐらしのなきつるなへに日はくれぬと思ふは山のかげにぞありける
ひぐらしのなく山里のゆふぐれは風よりほかにとふ人もなし

と詠まれる秋の虫である。

この歌では「ひぐらし」を「日暮し」だけで解するか、虫の「蜩」が掛かっているかどうかの判断が難しい。『闕疑抄』は「日くらし、すみて読なり。蝉の日ぐらしなくなどは、にごりてよむ也」として、蜩説を否定し、折口信夫は「ひぐらしに蝉の蜩がはいっているかどうか。わからない。しかし何かないと淡泊すぎる。[25]」と述べている通り、「蜩」説は積極的な解釈がなされていないのが現状であるが、ここには蜩の鳴き声があると解すべきである。

蜩説を取る説を紹介すると、上坂信男氏は「蜩の哀しい調べに夏の日の終りのそこはかとない悲しみを味わっている歌[26]」とし、梅澤正弘氏は「蜩の物悲しい声の聞こえる時候と一致」していること、「ゆく螢・秋風・来る雁」から蜩へと「時候の推移との一致」を理由にする。[27]花井滋春氏は、「蛍と蜩」という歌語の対比を指摘し、二首並列される理由も「漢詩的修辞法に倣った対句的表現[28]」としており、賛同したい。岩下均氏も「一日中悲しみに声をあげて鳴きくらす蜩と、しのび音に身を焦がす蛍[29]」という対比関係をみている。

『伊勢物語』は、「やまと歌」の作品として、漢詩への対抗意識、漢詩文からの影響も多く指摘される作品であることはいうまでもない。蛍に死者を思い出ししのぶものとしてのイメージを漢詩から受け継いでいるように、散文を挟まずに和歌を二首置くことで、漢詩の対句という表現法を導入したのだとすると、蛍と蜩は対比関係になる。

従来、蜩の解釈に消極的であったのは、蛍は実景として詠まれているのに対し、蜩の描写が物語内にないという点もあるだろう。前述した『源氏物語』幻巻の場面には「蜩の声はなやかなるに」という描写があり、源氏は蜩を「かごとがましき虫」とし、蛍を見て「夜を知る虫」として二首詠んでいる。蛍は光を放つ虫であり、その蛍火が「思ひ」と掛けられ、鳴かずに「思ひ」を燃やすことから恋の歌に詠まれるようになった。蛍は視覚的な虫である。対して、蜩は物悲しい鳴き声が詠まれる聴覚的な虫であるという点も押さえておきたい。

自分のことを密かに思っていた女、そんな女の臨終間際にいきなり想いを告げられた「男」としては、何よりも戸惑いが大きかった。蛍には死者の魂のイメージがあり、鳴かずに身を焦がす夏の虫である。亡き女のように死の間際まで「思ひ」を言わずに身を焦がして恋死に至ったことも、蛍を見て連想される要因であろう。

「六月のつごもり」という夏と秋の転換となる日に、夏と共に逝ってしまった女の魂を蛍に重ねて見送り、秋の鳥である雁に秋の到来を知らせてくれと詠むが、また、秋の虫である蜩の鳴き声に悲しさを募らせる。この蜩の鳴く声に「男」の心が表象されているのではないか。

おわりに

夏の蛍と秋の蜩は、視覚的な虫と聴覚的な虫という点でも対比関係にある。漢詩の対句のように二首並べられている点にも二首の対比関係が見て取れる。和歌だけを解釈すると季節の移り変わりを詠んだ表面的な解釈になりかねないが、物語の背景を汲み取ることで「レクキエム的」なものに変わる。漢詩的世界観によって基礎をなす蛍を中心にして作り上げた場面を、和歌という形で表現されている点に、『伊勢物語』の挑戦的な表現構造が表れている。蛍と雁を何に当てはめるかという一首の解釈に留まるのではなく、物語全体を見渡して解釈することが求められる。

物語と和歌の関係についての一視点として『伊勢物語』第四十五段を中心に考察した。和歌の解釈とは本来三十一文字で解決すべき解釈であろうが、物語内の和歌には別要素が加わり、影響を与えていることから、散文部分と隔離するのではなく融合した解釈をしていくべきだろう。

注

（1）堀辰雄「伊勢物語など」（『堀辰夫全集 第三巻』筑摩書房、一九七七年）。
（2）『新訂増補国司史大系 令集解 第四』吉川弘文館、一九七四年。
（3）森本茂『伊勢物語全釈』大学堂書店、一九七三年。

（4）『新訂増補故実叢書　禁秘抄考註　拾芥抄』吉川弘文館、一九五二年、「拾芥抄」の「觸穢部」に「一人死ハ三十日　自二葬日一計レ之」とある。

（5）片桐洋一『観賞日本古典文学第5巻　伊勢物語 大和物語』角川書店、一九七〇年。

（6）市原愿『伊勢物語解釈論』風間書房、二〇〇一年、第一篇第一章。

（7）鈴木日出男「物語歳時記（四）」（『国語通信』第304号、一九八八年九月）。

（8）山崎節子「夏虫と蛍―古今集の注釈と実作―」（『女子大文学』第三十号、一九七九年三月）、丹羽博之「平安朝和歌に詠まれた蛍」（『大手前女子大学論集』第二十六号、一九九二年十二月）、本間みず恵「「蛍」考」（『日本文学研究年誌』第七号、一九九八年三月）による。

（9）石田穣二『新版伊勢物語』角川書店、一九七九年。

（10）鈴木日出男「螢」（『知っ得古典文学動物誌』、學燈社、二〇〇七年八月。

（11）中野方子『コレクション日本歌人選004在原業平』笠間書院、二〇一一年三月。

（12）片桐洋一校注『新日本古典文学大系　後撰和歌集』岩波書店、一九九〇年。

（13）『折口信夫全集 ノート編 第十三巻』中央公論新社、一九七〇年。

（14）この歌の三句を「あきはなを」四句を「とこよのかりの」にした類歌が一二二番にあり、続く一二三番歌に「おほむかへり」として、村上天皇の返歌「かりがねのくるほどだにもちかければ君がすむさといくかなるらん」がある。

（15）竹岡正夫『伊勢物語全評釈』右文書院、一九八七年。

（16）藤井貞和「雁」（『岩波現代短歌辞典』岩波書店、一九九九年）。
（17）他に肖柏本も和歌を二首並ばない以下のような形になっている。「つれづれとこもりおりけりさてなむよめる暮かたき夏の日くらしなかむれはそのこと、となくなみたおちけり」と天福本で最後に置かれる「くれがたき」歌とは五句と位置が異なる。
（18）市原愿『伊勢物語塗籠本の研究』明治書院、一九八七年、後藤康文「現存本文という陥穽―平安朝文学史の構想に際して―」『國語と國文學』二〇一一年十一月号。
（19）石田穣二『伊勢物語注釈稿』竹林舎、二〇〇四年。
（20）関根賢司『伊勢物語論　異化／脱構築』おうふう、二〇〇五年、ほかに、浜田弘美「蛍の別れ―『大斎院前の御集』の文芸」（『日本文学誌要』第四十一号、一九八九年九月）や、注（10）も時の設定について注目している。
（21）菅野禮行校注・訳『新編日本古典文学全集　和漢朗詠集』（小学館、一九九九年）。『千載佳句』に秋興として、『全唐詩逸』に「常州ニシテ楊給事ニ留与ス　許渾」と収載する。
（22）新間一美（『平安朝文学と漢詩文』和泉書院、二〇〇三年、第一部Ⅲの四）はこの句が『和漢朗詠集』巻下「恋」に摘句されていることを指摘し、光源氏の詠む「夜を知る」歌は先に述べた許渾の句が機縁となった「和漢朗詠集的場面」でもあるという。
（23）上野理「伊勢物語の藤と螢」（『東洋文学研究』第十七号、一九六九年三月）。
（24）泉紀子「長恨歌と伊勢物語―「夕殿蛍飛思悄然」―」（『白居易研究年報11』、白居易研究会、二〇一〇年）。

(25)他にも上野理「伊勢物語の藤と蛍」(『東洋文学研究』第十七号、一九六九年三月)に「塗籠本の両段を流布本の四十五段に変化させたと仮定するとき、その触媒は、長恨歌の詩句が考えられる」と関係が指摘されている。
(26)上坂信男『伊勢物語評解』有精堂、一九六八年。
(27)梅澤正弘「「伊勢物語」四五段の構成と成立をめぐって」(『二松学舎大学人文論叢』第18輯、一九八〇年)。
(28)花井滋春「『伊勢物語』創作の方法―四十五段の特異性を起点として―」(『國學院大學大學院紀要　文学研究科』第14輯、一九八二年)。
(29)岩下均「「螢」考」(『目白学園女子短期大学国語国文学』第二号、一九九三年)。

第二部

第六章　惟喬親王と紀有常——「友」と「供」——

はじめに

『伊勢物語』の主人公「男」は、名前を明記されることはない一方で実名が明記される人物たちが登場する。彼らの多くは実際に存在した人物として特定され、史料から在原業平と何らかの接点を持っていたことが、先行研究によって明らかにされている。[(1)] しかし、「男」＝在原業平ではないように、実名で登場する人物も実在の人物自身ではない。彼らは、実名とその実在に付随するイメージを物語に持ち込む。そして、『伊勢物語』という作品の中で「男」との関係を再構成する。主人公「男」の名前を明かさない『伊勢物語』中で、実名表記される人物が登場する意味は何か。

本章では、最も多く実名で登場する、紀有常が実際の在原業平とは義理の父と息子という関係であったにもかかわらず、作品内で「友だち」と設定されていることに注目し、『伊勢物語』における「友」・「友だち」について考察する。

一　紀有常と「ともだち」——第十六段・第三十八段における関係——

紀有常は、第十六段・第三十八段・第八十二段に登場している。初登場である第十六段は、以下の通りである。

むかし、紀の有常といふ人ありけり。三代のみかどに仕うまつりて、時にあひけれど、のちは世かはり時うつりにければ、世の常の人のごともあらず。人がらは、心うつくしく、あてはかなることを好みて、こと人にもにず。貧しく経ても、なほ、むかしよかりし時の心ながら、世の常のこともしらず。年ごろあひ馴れたる妻、やうやう床はなれて、つひに尼になりて、姉のさきだちてなりたる所へゆくを、男、まことにむつましきことこそなかりけれ、いまはとゆくを、いとあはれと思ひけれど、貧しければするわざもなかりけり。思ひわびて、ねむごろにあひ語らひける友だちのもとに、「かうかういまはとてまかるを、なにごともいささかなることもえせで、つかはすこと」と書きて、奥に、

　手を折りてあひ見しことをかぞふれば十とはいひつつ四つはへにけり

かの友だち、これを見て、いとあはれと思ひて、夜の物までおくりてよめる。

　年だにも十とて四つは経にけるをいくたび君をたのみ来ぬらむ

かくいひやりたりければ、

　これやこのあまの羽衣むべしこそ君がみけしとたてまつりけれ

よろこびにたへで、また、

　秋やくるつゆやまがふと思ふまであるは涙のふるにぞありける

第十六段の冒頭で「むかし、紀の有常といふ人ありけり」と、まるでこの段の主人公の如く登場する。「男の一代記風」と称される『伊勢物語』だが、「男」以外の人物で「むかし」と語り始められる段はこの段が最初である。「三代のみかどに仕うまつりて、時にあひけれど、のちは世かはり時うつりにければ、世の常の人のごともあらず」と政治的な立場を失った人物として描かれ、「人がらは、心うつくしく、あてはかなることを好みて、こと人にもにず。貧しく経ても、なほ、むかしよかりし時の心ながら、世の常のこともしらず」と経済力も失っているが、風流さだけは失わないとされている。

しかし、妻が出家することになり、家庭さえも失う。そこに物語主人公である「男」が「ねむごろにあひ語らひける友だち」として登場する。「男」と有常の関係を「友だち」と明確にしているのは第十六段のみである。出家する妻に「なにことも、いささかなることもえせて、つかはすこと」しかできない貧しい有常を援助し、「友だち」は「夜の物」と歌を贈る。

次に有常が登場するのは、第三十八段である。

むかし、紀の有常がりいきたるに、歩きて遅く来けるに、よみてやりける。

君により思ひならひぬ世の中の人はこれをや恋といふらむ

返し、

ならはねば世の人ごとになにをかも恋とはいふと問ひしわれしも

ここでは「男」が有常を尋ねて行ったが、留守で待たされたことから「恋」を知ったと詠む。「紀の有常がり」という表現や、改めて「紀の有常」の人物設定がされていないことからも、第十六段で「ねむごろにあひ語らひける友だち」とされた二人の親しい関係は継続している。第十六段で、有常の妻は出家しており、「ならはねば」の有常の返歌は自虐的にも読めるが、友情の親しさを恋愛感情に置き換えた男性同士による疑似恋愛ともいえる戯れの和歌である。(2)

また、第十六段で「かの友だち」が有常に送った和歌は、『続千載和歌集』巻第十四（恋歌四）一五三九番に収載されている。業平を詠み人とし、「としだにもとをとてよつはへにけるをいくたび人をたのみきぬらん」とある。第十六段では対象が「君」、ここでは「人」であるという異同はあるが、同歌が「恋歌」として採られていることに注目すべきである。(3)

この点について、山田清市氏は、「勢語第十六段の背景と切り離して、「人を」の集の本文をもって歌を解するならば、恋歌になる要素が極めて高い歌である。ことによると本来恋歌であったものを、友情歌にすりかえた可能性は十分生まれてくる」と述べている。(4)

このような疑似恋愛歌をやりとりする「友だち」関係にある二人、物語において有常最後の登場となる第八十二段では、この二人が惟喬親王の狩りの「とも」をしている。

二　惟喬親王と紀有常と「男」――第八十二段における関係――

まず、第八十二段を掲出する。

むかし、惟喬親王の親王と申すみこおはしましけり。山崎のあなたに、水無瀬といふ所に、宮ありけり。年ごとの桜の花ざかりには、その宮へなむおはしましける。その時、右の馬の頭なりける人を、常に率ておはしましけり。時世経て久しくなりにければ、その人の名忘れにけり。狩はねむごろにもせで、酒をのみ飲みつつ、やまと歌にかかれりけり。いま狩する交野の渚の家、その院の桜、ことにおもしろし。その木のもとにおりゐて、枝を折りてかざしにさして、かみ、なか、しも、みな歌よみけり。馬の頭なりける人のよめる。

世の中にたえてさくらのなかりせば春の心はのどけからまし

となむよみたりける。また、人の歌、

散ればこそいとど桜はめでたけれ憂き世に何か久しかるべき

とて、その木のもとは立ちてかへるに日暮になりぬ。御供なる人、酒をもたせて野よりいで来たり。この酒を飲みてむとて、よき所を求めゆくに、天の河といふ所にいたりぬ。親王に馬の頭、大御酒まゐる。親王ののたまひける、「交野を狩りて、天の河のほとりにいたる、を題にて、歌よみて盃はさせ」とのたまうければ、かの馬の頭よみて奉りける。

狩りくらしたなばたつめに宿からむ天の河原に我は来にけり

親王、歌をかへすがえす誦じたまうて、返しえしたまはず。紀の有常、御供に仕うまつれり。それが返し、

ひととせにひとたび来ます君待てば宿かす人もあらじとぞ思ふ

かへりて宮に入らせたまひぬ。夜ふくるまで酒飲み、物語して、あるじの親王、酔ひて入りたまひなむとす。十一日の月もかくれなむとすれば、かの馬の頭のよめる。

あかなくにまだきも月のかくるるか山の端逃げて入れずもあらなむ

親王にかはりたてまつりて、紀の有常、

おしなべて峰もたひらになりななむ山の端なくは月も入らじを

この第八十二段では「馬の頭なりける人」について「時世経て久しくなりにければ、その人の名忘れにけり」とされているが、『伊勢物語』が「男」の名前を明かさないのは終始一貫した姿勢であり、今更明言する必要はないはずである。わざわざ、時間の経過を理由に忘れたとすることで、逆説的に惟喬親王と紀有常の名前は忘れなかったということを示しているだろう。

ここで、在原業平・紀有常・惟喬親王ら三人の関係を整理しておきたい。業平と有常は、『古今和歌集』（巻十五恋歌五・七八四・七八五）の詞書において義理の親子関係にあったとみられている。

業平朝臣きのありつねがむすめにすみけるを、うらむることありてしばしのあひだひるはきて

ゆふさりはかへりのみしければ、よみてつかはしける

あま雲のよそにも人のなりゆくかさすがにめには見ゆるものから

返し、

なりひらの朝臣

ゆきかへりそらにのみしてふる事はわがゐる山の風はやみなり

「あま雲の」の歌には詠み人が記されておらず、有常の歌とするか、有常の娘の歌とするか解釈が分かれるところであるが、業平が有常の娘に通っていたという点に注目したい。一方、同歌が詠まれる『伊勢物語』第十九段[5]では、「男」と「宮仕へしける女の方に、御達なりける人」との贈答歌となっており、有常の娘を介在させない。つまり、『伊勢物語』の有常と「男」は、舅と婿の関係として描かれていないのだ。

また、紀有常と惟喬親王は、伯父と甥の関係であった。惟喬親王の母は三条の町と呼ばれた紀静子であり、有常の妹である。第六十九段の斎宮について、いわゆる〈後人注〉の「斎宮は水の尾の御時、文徳天皇の御女、惟喬親王の妹」という一文から、「男」と惟喬親王が斎宮という女性を媒介にした関係として描かれるが、これは物語が意図的に結んだ線であって、史実上の業平と有常、有常と惟喬親王を繋ぐ血縁関係は一切排除されている。三人の間を繋ぐ女性が排除されているのである。

史実上の血縁関係と『伊勢物語』内での人間関係を踏まえて、今一度、第八十二段を読むと気になる

言葉が浮かび上がる。

三 「狩り」と「やまと歌」

第八十二段で彼らは「狩り」を目的にした集団にもかかわらず、酒と和歌に興じるばかりである。『伊勢物語』における「狩り」とは、初段の「奈良の京春日の里にしるよしして、狩りにいにけり」と出かけた先で「いとなまめいたる女はらから」を垣間見する場面や、第六十九段の斎宮に出逢う「狩りの使」など、恋と深くかかわり、恋の隠喩ともいえる言葉である。[6]つまり、「狩りはねむごろにもせで」とは、恋をしないという意味を含んでいると考えられる。

また、『伊勢物語』中で「やまとうた」と表現されるのはこの箇所のみであることに注目したい。佐藤裕子氏は、[7]水無瀬・交野と実際に行われた狩りを結びつけ、「やまと歌」と表現される背景には、漢詩をつくる機会となっていた嵯峨天皇の遊猟が意識されていたことを指摘し、「嵯峨天皇の詩会が、遊猟中とはいえ、公的な、政治的な場であったのに対し、八十二段は逆に、惟喬親王と周囲の人々の「狩」を、私的なもの、非政治的なものとして打ち出していると考えられよう」と考察している。

「非政治的なもの」とされていることは、惟喬親王章段として続く第八十三段と第八十五段にも表れている。「さてもさぶらひてしがなと思へど、おほやけごとどもありければ、えさぶらはで（第八十三段）」や、「おほやけの宮仕へしければ、つねにはえまうでず（第八十五段）」とあり、惟喬親王のお側にもっと長くいたいのだが叶わない理由として、「おほやけのこと」、「おほやけの宮仕へ」がと障害と表現されている。すなわち、惟喬親王との関係は公のことではない、私的なものとして描かれているのである。

また、「やまと歌」という言葉が同時代に用いられているのは、『古今和歌集』の仮名序の冒頭、「やまとうたは、人のこころをたねとして、万よろづのことのはとぞなれりける」の一文である。「いきとしいけるもの、いづれかうたをよまざりける」という、和歌に対しては皆平等であることを謳った精神は、第八十二段でも「その木のもとにおりゐて、枝を折りて、かざしにさして、かみ、なか、しも、みな歌よみけり」にみられる。「かみ、なか、しも」と身分階級を三つに分け、集団内の上下関係を一旦意識させるものの、「みな歌よみけり」と「やまと歌」を詠むことによって、その上下関係を解消させる。

「その木のもとにおりゐて」という表現も、諸注釈では「馬から下りた」と解される部分だが、桜の木の下に座り、枝をかざしに挿すことで視覚的にも高低差をなくし、一同を平面的な位置に置こうとする意図があるのではないだろうか。段末尾で有常が「おしなべて峰もたひらになりななむ」詠むところにも、イメージのレベルで、この平面化意識が表れているだろう。

『伊勢物語』はそれぞれ独立した体裁をとりながら一連の流れをもっている。第八十三段の「例の狩しにおはしますともに」という「例の」には前段の第八十二段を指している。紀有常についても、第三十八段、第八十二段では登場の度に説明されないのは、第十六段の人物設定を受けているからである。

第十六段で「友だち」とされた「紀有常」と「男」の関係はその後も引き続いている。この「友だち」二人が第八十二段で惟喬親王の「御供」をしていることに注目してみたい。

四 「友」と「供」

『日本国語大辞典（第二版）』によれば、「供」は「とも（友人のとも）と同語源」とある。勿論、第八十二段では、惟喬親王が「あるじの親王」であり、有常が「仕うまつれり」など表現されていることからも、惟喬親王に対する「男」・有常の関係は「御供」とあるように、従者の「とも」であることは明らかである。

しかし、「とも」には、友だちの意味の「友」も響いているのではないか。つまり、「友だち」の「とも」と「御供」の「とも」は同音であることから、「男」と有常と惟喬親王との関係を友人の「とも」に近づけているとは考えられないだろうか。

「友」と「供」の同音性は、第八段と第九段の解釈において、古注釈書で問題視されている。物語中、最初に「とも」の語が登場するのは、第八段である。「ともとする人ひとりふたりしてゆきけり」である。天福本では仮名表記の「とも」だが、「ともとする人」については、『臆断』(8)は第九段に漢字で「友」と記されていることから友人として解釈している。(9)

一方、『童子問』(10)は、「友」と「供」は〈音〉が通うことを指摘し、従者の意味とみている。「男」が東下りをする理由は、この前の第三段から第六段に位置する二条の后章段における悲恋を連想させているが、それは政治性を孕む極めて私的な問題である。

「ともなる人」が「男」の友人であるならば、『古意』が指摘するように、彼らには「男」とともに都を出て東国へ住むべき国を求めに行く理由はないはずである。友情の厚さを表現しているというより、ここは惟喬親王と「男」と有常との関係とは逆に、「友」に近い従者としての「供」の関係であったと考えられる。(11)

その他に、『伊勢物語』に「とも」、「ともだち」が用いられるのは、第十一段、第四十六段、第六十六段、第八十八段、第百九段である。どのような関係として用いられているか確認しておきたい。

まず第十一段である。

むかし、男、あづまへゆきけるに、友だちどもに、道よりいひおこせける。
忘するなよほどは雲居になりぬとも空ゆく月のめぐりあふまで

東下りの途中で「男」が「友だちども」に詠む和歌だが、『拾遺和歌集』には「たちばなのただもとが人のむすめにしのびて物いひ侍りけるころ、とほき所にまかり侍りとて、この女のもとにいひつかはしける」と橘のただもとが女に詠んだ歌となっている。第十六段の「年だにも」の歌が恋歌として『続千載和歌集』に入っているという例と同様に、この第十一段の歌も詞書きを取り払ってみると、恋愛歌として成立する要素を持っている。

第四十六段には、

むかし、男、いとうるはしき友ありけり。かた時さらずあひ思ひけるを、人の国へいきけるを、いとあはれと思ひて、別れにけり。月日経ておこせたる文に、

あさましく、対面せで、月日の経にけること。忘れやしたまひにけむと、いたく思ひわびてなむはべる。世の中の人の心は、目離るれば忘れぬべきものにこそあめれ。

といへりければ、よみてやる。

目離るとも思ほえなくに忘らるる時しなければおもかげに立つ

というように、「いとうるはしき友」が「かた時もさらずあひ思ひける」存在として描かれる。『愚見抄』では「まことの友だちをいへり。是も女をいへるにや。」としているが、「人の国」へ行く理由は任官によると考えられ、これも男性間の「友」と考えられる。ここでも「世の中の人」が対照的に持ち出され、第三十八段での「世の中の人は恋といふらむ」など一般論と比較する点も共通する。

第六十六段では、

むかし、男、津の国にしる所ありけるに、あにおとと友だちひきゐて、難波の方にいきけり。渚

を見れば、船どものあるを見て、

難波津を今朝こそみつの浦ごとにこれやこの世をうみ渡る船

これをあはれがりて、人々かへりにけり。

というように、ここでは兄弟と並列される存在であり、世の中に対する憂いの感情を共有する者たちとして描かれている。

第八十八段では、

むかし、いと若きにはあらぬ、これかれ友だちども集まりて、月を見て、それがなかにひとり、

おほかたは月をもめでじこれぞこのつもれば人の老いとなるもの

とあり、「友だちども」というように、第十一段と同じく友だち集団が登場する。「いとわかきにあらぬ」者たちの集まりの中の一人である男が「老い」についての和歌を詠む構図だが、「いとわかきにあらぬ」の表現からこの「友だちども」は年齢が皆変わらない者たち、同世代の集団であろう。

最後、第百九段では、

むかし、男、友だちの人を失へるがもとにやりける。

花よりも人こそあだになりにけれいづれをさきに恋ひむとか見し

というように「友だちの人の失へる」とあり、妻と思われる「人」を亡くした友人に対して、慰めの歌を贈っている。第十六段で妻が出家した有常との関係にも似た、妻が不在の場での友人関係が描かれる。

以上が『伊勢物語』における「友」、「友だち」が登場する段であるが、これらの例から「友・友だち」がどのような存在であるかについて三点挙げられる。①常に一緒にいたい存在であること、②思いを同じくする者であること、③女性が不在の空間で男性のみの関係で使われることである。

『日本国語大辞典（第二版）』には、「とも」の語源説として「何事も諸共にするので、共の義」が挙げられ、「その者・物と同質で同じ集団を構成する要員をさしていう。仲間。つれ。」という意味もある。先ほど挙げた『伊勢物語』の「友・友だち」の意味①・②については「とも」の基本的な意味と重なる。しかし、③女性が不在の空間で男性のみの関係で使われることについては、辞書的な意味の範疇にはなく、『伊勢物語』特有の用いられ方といえる。(12)

五　男性間における「友」

「友だち」に詠んだとする和歌を、詞書を取り払ってみたときに、恋愛歌の趣をもっていることは先述の通りだが、『伊勢物語』での「友」、「友だち」もまた、第三十八段や第四十六段にみられるように、女性不在の空間で同性間の疑似恋愛、または同性愛ともいえる和歌を贈答する存在である。

このような、男性同士の歌のやり取りに恋愛歌の要素をもったものとして、『伊勢物語』以前にも『万葉集』巻第十七の大伴家持と大伴池主との贈答歌が指摘されている。(13)二人の膨大な歌の贈答に同性愛の感情を認める呉哲夫氏の論は、「大伴」という姓を持つ家持が、歌を通じて「身分の上下関係を捨象した」と指摘する。(14)しかし、直木孝次郎氏も上代の「とも」の表記については、伴を友の意味に用いた歌は『万葉集』には一首もないことから、「友と伴はまったく通用していない」(15)と述べ、辰巳正明氏は、「交友のありようを支えたのは『文選』贈答の方法」(16)と呉の論を批判する。倉又幸良氏は、こうした男性同士による恋愛的表現方法を持つ和歌の流れがあることを受け、『伊勢物語』で「友」の語を持つ章段が物語中に散在していることに注目し、

「友」の章段は、恋する男の一代記を支えるために所々に布置され、特に物語前半においては、男の恋の若さと激しさに対応して、異性愛的一面を抱え込んだのである。「友」の章段は、一代記を支え続けるために、物語前半では異性愛的にならざるをえなかったのではないか。「友」の章段の異性愛的一面には、伊勢物語固有の一代記性を見なければならない。(17)

というように、「恋する男」の一代記性を支える意味を求める。

このように、男性同士の疑似恋愛歌、同性愛雰囲気について否定的な論もあるが、呉氏の論における歌によって身分の上家関係をなくすという構図の萌芽は認められる。『伊勢物語』において女性不在空間で登場する「友・友だち」には、異性との恋の代替となる役割が求められていたとしても、双方に共

通した意識が必要となる。業平と紀有常の義理父子関係が、「男」と有常の「友だち」とされ、有常と惟喬親王の伯父と甥の関係が「御供」と変えられ、血縁関係を消し去っているところに、精神的連帯感を強調していると考えられる。これには、婚姻による血縁関係で摂関政治を行う藤原氏への強烈な皮肉が透かし見えないだろうか。

六　政治的関係に対する精神的関係「とも」

第十六段で「三代のみかどに仕うまつりて、時にあひけれど、のちは世かはり時うつりにければ、世の常の人のごともあらず」と背景設定の中で登場した紀有常は、その「紀有常」という名前に政治的落伍者のイメージを付与されているが、史料[18]に見る紀有常は、文徳天皇の時代に次々と叙任されているようにみえる。この背後には有常の妹で「三条の町」と呼ばれていた「静子」が、文徳天皇に寵愛されていたことが影響していると考えられる。

しかし、清和天皇の時代に入ってからは、これら叙任も滞りがちとみえ、この原因には静子との間に生まれた惟喬親王と、藤原良房の娘・染殿の后との間の惟仁親王の所謂「位争い」に敗北したからだとされる。『三代実録』の清和天皇即位前紀[19]には、三人の兄を超えて清和天皇となる惟仁親王が、わずか生後九ヶ月で立太子したことから巷に「三超の歌」が流行したことを伝えている。『吏部王記』や『江談抄』[20]に、文徳天皇には惟喬親王に位を譲る意思があったが、太政大臣の藤原良房に憚り、実現できなかったこと、後に『大鏡裏書』や『平家物語』、『曽我物語』などに立太子争いがあったと描かれていく。片桐洋一氏[21]など、この「位争い」について否定する見方もあるが、実際にあったか否かの論議は別とし、第十六段の冒頭では、有常を政治的敗北者として造型している。第十六段で「紀有常」という実名を明かしていることに関して、花井滋春氏は、「両者が等質の反俗的且つ反逆精神で結ばれていたことを強調する[22]」とし、神尾暢子氏は、「権力闘争に対抗させるものとして、友情を位置づけた[23]」と政治性を描かないことでより強く政治性を表していると論じる。

「男」と政治的敗北者としての「紀有常」を「友だち」とし、血縁関係を見せないことにより、世代差を無くし、疑似恋愛的な和歌のやりとりによって、男性同士の連帯感を強める。「男」には二条の后章段の悲恋と反藤原氏意識も底流しており、政治的にも家庭も失った有常と共有できる要素がある。「あひ語らひける友だち」同士である二人の関係に「御供」として仕える惟喬親王が加わることにより、政治的敗北者集団の雰囲気はますます濃厚になる。彼らが「やまと歌」によって共有する風流意識の裏側には藤原氏による摂関政治により、政治の表舞台から退場した哀愁が漂う。

おわりに

惟喬親王に対して「男」と紀有常は主従関係であるが、精神的連帯感を核とした集まりであることを強調している。「御供」であっても、「公の宮仕へ」を対岸においた、極めて私的な関係である。「友だち」関係にある「男」と有常が「御供」をしていることに、「友」と「供」という二つの異なる関係を近づけ、惟喬親王を奉る一方で、「男」と有常の「友だち」関係に取り込むような連帯感を強めていると考えられる。

「とも」という言葉が持つ、友情関係と主従関係という異なった意味を区別しながら、一方で同化させる意識は第八十二段にある「かみ、なか、しも」と身分差を意識させながら、直後「みな歌よみけり」と同化させるにも表れている。

勿論、惟喬親王とは「友」ではなく基本的に「主」と「供」の主従関係にある。しかし、有常の実名を明かす反面、婚姻による血縁関係を消し去り、女性を排除した空間でのみ現われる「友だち」として「男」と有常の関係は結ばれ、より精神面を強調した関係を築き上げる。

二人が惟喬親王の「供」となることで、「やまと歌」によって風流な精神的世界を共有する者たちの集合の核となる存在に惟喬親王を置くが、根底には政治的敗北者の連帯感がある。紀有常登場章段は、いわば惟喬親王章段への布石であるといえるが、そこに政治的敗北者としての影と、「紀有常」という、在原業平と惟喬親王の血縁関係を持つ実名が必要であったといえる。

注

(1)『伊勢物語』に実名表記登場人物全体について論じたものには、深町健一郎「『伊勢物語』の実名章段論―業平とのかかわりについて―」(『中古文学論攷』第三号、一九八二年十月)、河地修「『伊勢物語』の実名章段と和歌」(『文学論藻』第71号、一九九七年三月)、松田喜好「実名登場章段―伊勢物語の鑑賞5」(『一冊の講座伊勢物語』有精堂出版、一九八三年三月)などがある。

(2)石田穣二氏は、「「がり」は、のもとへ、の意。愛する人同士、あるいはごく親しい人に限って使われる。」(『新版伊勢物語』角川書店、一九七九年)とし、「ここに「紀有常がり」と言ったのは、主人公の男と有常との親密な関係を意識しての言葉づかいと見てよいであろう。ゆえに、一六段を踏まえての制作ということは動かぬであろう」(『伊勢物語注釈稿』竹林舍、二〇〇四年)とする。

(3)渡辺実校注『日本古典文学集成』(新潮社、一九七六年)では「男は長く待った末に、遅く戻って「来」た有常と会い、翌日にでも自宅から「やりける」なのであろう。」という状況とし、「女と逢った後朝のような格好」としている。

(4)山田清市『伊勢物語成立論序説』桜楓社、一九九一年、第一篇第四章による。

(5)返歌の初句に異同があるが、『古今和歌集』と同歌を用いている。

むかし、男、宮仕へしける女の方に、御達なりける人をあひしりたりける、ほどもなく離れにけり。同じ所なれば、女の目には見ゆるものから、男は、あるものかとも思ひたらず。女、

天雲のよそにも人のなりゆくかさすがに目には見ゆるものから

とよめりければ、男、返し、

天雲のよそにのみしてふることはわがゐる山の風はやみなり

とよめりけるは、また男ある人となむいひける。

（6）上野英二「狩と恋—伊勢物語ノート」『成城国文学』第16号、二〇〇〇年三月）は「狩は恋であった。ここに『伊勢物語』の狩の本質がいかなるものであったか、明らかだろう。狩は、女性を狩ったのだ」と『伊勢物語』における「狩」と「恋」を等号で結ぶ。

（7）佐藤裕子「伊勢物語八十二段の生成—「狩」の設定を中心に—」（『中古文学論攷』第2号、一九八一年十一月）。

（8）此段より下奥州まで下られたる事は、別の段にかけとも皆さきの段の末也。ともとする人は友とする人也。下にある人のいはく。かきつばたといふいつもしをくのかみにすゑてたひの心をよめといひければとあるは、此友の中也。古今集旅部に、兼輔の玉くしげふたみの浦はと云哥の詞書にも、ともに有ける人〳〵哥よみけるつゐて」によめるといふは従者なり。これにはかはれり。

（9）第八段の「ともとする人ひとりふたりして」の一文を持たない塗籠本系では、第九段も仮名表記の「とも」とされている。

（10）「友」といふ字をかきたりとても、それは、訓のかよふによりて書事、常の事なれば害なし。もとより、かな書は字義にはよらざる事なりけり。されば、此「とも」は、従者のこと、見るべし。「一人二人」とい《は》、つき随ふ者、わづかに一人二人して行ける成べし。（中略）「むかし、男、京やすみうかりけん」と有に、友をかたらふべき理なく、人に知らせず、しのびてこそ出べければ、「従者とするもの、ひとり二人」にこそ理もかなふべけれ。友と見る、おもはざる説なるべし。

（11）第八十二段では「その木のもとにおりゐて」と桜の木の下に皆で座るが、第九段でも八つ橋に着き、「その沢のほとりの木のかけにおりゐて」と木の下に座る点は共通する。

(12) 平安時代の用例として他作品では、『古今和歌集』（友―四例、友だち―三例）、『大和物語』（友だち―三例）、『平中物語』（友だち―九例、友だちども―三例、こと友だちども―一例）、『うつほ物語』（友―十三例、友だち―六例）、『源氏物語』（友―十例、友だち―二例）の用例を検討した。

(13) 一例として、『万葉集』巻第十七の贈答歌を挙げておく。

八月七日夜集二于守大伴宿祢家持館一宴歌

あきのたの　ほむきみがてり　わがせこが　ふさたをりける　をみなへしかも（三九六五）

右一首守大伴宿祢家持作

をみなへし　さきたるのへを　ゆきめぐり　きみをおもひいで　たもとほりきぬ（三九六六）

あきのよは　あかときさむし　しろたへの　いもがころもで　きむよしもがも（三九六七）

ほととぎす　なきてすぎにし　をかびから　あきかぜふきぬ　よしもあらなくに（三九六八）

右三首掾大伴宿祢池主作

(14) 呉哲夫「万葉の「交友」―大伴家持と同性愛―」（『日本文学』第44巻第1号、一九九五年一月）。のち、『古代文学における思想的課題』（森話社、二〇一六年）収載。

(15) 直木孝次郎「七、八世紀におけるトモの表記について―友と伴を中心に―」（『萬葉』第154号、一九九五年七月）。

(16) 辰巳正明「交友論―家持の同性愛批判―」（『日本文学』第44巻第11号、一九九五年十一月）。

(17) 倉又幸良「『伊勢物語』の「友」の物語―恋の一代記の支え」（『相模女子大学紀要（人文・社会）』A63号、二〇〇〇年三月）。

(18)『日本三代実録』元慶元年正月二十三日条（『國史大系第四巻』黒板勝美・國史大系編修會編、吉川弘文館、一九三四年）。

廿三日乙未。従四位下行周防權守紀朝臣有常卒。有常者左京人。正四位下名虎之子也。性清警有二儀望一。少年侍二奉仁明天皇一。承和中擢拜二左兵衛大尉一。數年右近衛權將監。兼二近江權少掾一。仁壽初遷二左馬助一。是年授二從五位下一。爲二但馬介一。左馬助如レ故。俄而右兵衛佐兼讃岐介。尋授二從五位上一。迁二左近衛少將一。讃岐介如レ故。天安元年自二左近衛少將一。遷爲二伊勢權守一。同年除二少納言一。兼二侍從一。明年遷二肥後權守一。貞觀九年爲二下野權守一。秩滿爲二信濃權守一。十五年授二正五位下一。十七年爲二雅樂頭一。十八年至二從四位下一。爲二周防權守一。卒時年六十三。」

『古今和歌集目録』紀有常（『群書類従　第五輯』塙保己一編、続群書類従完成會、一九六四年）。

正四位下名虎男。□承和十年正月任二左兵衛大尉一。嘉祥三年補二藏人一。四月二日任二左近將監一。五月十七日兼二近江權少掾一。文徳御時。仁壽元年十一月廿六日敍二從五位下一。七月十六日任二左馬助一。三年正月十六日任二左兵衛佐一。齊衡元年正月兼二讃岐介一。二年正月七日叙二從五位上一十五日任二左近少將一。兼。四年九月廿七日任二少納言一。天安二年二月五日兼二肥後權守一。貞觀七年三月一日任二刑部權大輔一。十三年三月二日兼二信濃權守一。十五年正月七日叙二正五位下一。十七年正月十三日任二雅樂頭一。十八年正月七日叙二從四位下一。元慶元年□月十五日任二周防權守一。

河地修「『伊勢物語』の十六段について」（『『伊勢物語』―諸相と新見―』一九九五年、風間書房）に、物語中、官職名を記すことなく、いきなり実名で呼び表すのは紀有常と源至、順のみであり、作者による親愛の情の反映であるとしている。

(19)『日本三代実録』清和天皇即位前紀　天安二年八月
天皇。諱惟仁。文徳天皇之第四子也。母太皇太后藤原氏。太政大臣贈正一位良房朝臣之女也。嘉祥三年歳在二庚午一三月廿五日癸卯。生二天皇於太政大臣東京一條第一。十一月廿五日戊戌。立為二皇太子一。于レ時誕育九月也。先レ是有二童謡一云。大枝乎超天走超天躍止利騰加理超天。我耶護毛留田仁耶。捜阿左理食無志岐耶。雄々伊志岐耶。識者以為。大枝謂二大兄一也。是時。文徳天皇有二四皇子一。第一惟喬親王。第二惟條親王。第三惟彦親王。皇太子是第四皇子也。天意若曰超二三兄一而立。故有二此三超之謡一焉。

(20)米田雄介・吉岡真之校訂『史料纂集吏部王記』続群書類従完成会、一九七四年、『江談抄』第二雑事（一）『新日本古典文学大系』山根對助・後藤昭雄校注、岩波書店、一九九七年。

(21)片桐洋一『在原業平・小野小町　天才作家の虚像と実像』（新典社、一九九一年）によると、「参議以上の人が皆無の紀氏を外戚とする惟喬親王より、最高権力者である右大臣藤原良房を外祖父とする惟仁親王が立太子するのは、当時としては、いわば当然であって、長子相続が原則となっている後代の常識で事を推し測ることは適当ではない」とある。

(22)花井滋春「『伊勢物語』実名表記攷―有常と惟喬の物語から―」（『國學院大學大学院文学研究科論集』第10号、一九八三年三月）。

（23）神尾暢子「伊勢物語の有常章段」（『伊勢物語の成立と表現』新典社、二〇〇三年）。

第七章　崇子と多賀幾子――二人の「たかいこ」――

はじめに

『伊勢物語』の登場人物の女性は「二条の后」、「五条の后」、「染殿の后」というように表現されているが、個人を特定し得る呼称に過ぎず、実名ではない。なかでも「二条の后」は、主人公「男」との恋が語られ、女主人公的役割を担う重要人物であるが、「高子」と呼ばれることはない。女性の名前を明かすことが忌避された時代背景を考慮すれば当然のことである。

では、なぜ第三十九段の「たかい子」と第七十七段・第七十八段の「多賀幾子」の二名は名前を明かされるのか。まず、二名とも死者として登場していることに注目したい。

・むかし、西院の帝と申すみかどおはしましけり。そのみかどのみこ、たかい子と申すいまそがりけり。そのみこうせたまひて、御はぶりの夜、その宮の隣なりける男、御はぶり見むとて、女車にあひ乗りていでたりけり。（第三十九段）

・むかし、田邑の帝と申すみかどおはしましけり。その時の女御、多賀幾子と申すみまそがりけり。それうせたまひて、安祥寺にてみわざしけり。（第七十七段）

・むかし、多賀幾子と申す女御おはしましけり。うせたまひて、七七日のみわざ、安祥寺にてしけり。（第七十八段）

ともに帝に近い位置にあった女性が亡くなり、その葬送や四十九日などの法要の場に集まった人々を中心に物語が展開している。しかし、なぜ彼女たちが「たかい子」・「多賀幾子」という特定の人物である必要があるのか。「たかい子」は「西院の帝」である淳和天皇の皇女、「多賀幾子」は「田邑の帝」である文徳天皇の女御である。一人ずつどのような人物であったのか確認していきたい。

一　崇子内親王

「たかい子」の名前が明かされる第三十九段は次の通りである。

むかし、西院の帝と申すみかどおはしましけり。そのみかどのみこ、たかい子と申すいまそがりけり。そのみこうせたまひて、御はぶりの夜、その宮の隣なりける男、御はぶり見むとて、女車にあひ乗りていでたりけり。いと久しう率ていでたてまつらず。うち泣きてやみぬべかりけるあひだに、天の下の色好み、源の至といふ人、これももの見るに、この車を女車と見て、寄り来てとかくなまめくあひだに、かの至、蛍をとりて、女の車に入れたりけるを、車なりける人、この蛍のともす火にや見ゆらむ、ともし消ちなむずるとて、乗れる男のよめる。

いでていなばかぎりなるべみともし消ち年経ぬるかと泣く声を聞け

かの至、返し、

いとあはれ泣くぞ聞ゆるともし消ちきゆるものともわれはしらずな

天の下の色好みの歌にては、なほぞありける。
至は順が祖父なり。みこの本意なし。

まず、「西院の帝と申すみかど」の「みこ、たかい子」とはいかなる人物であったのか。『続日本後記』の承和十五年五月十五日条に、「無品崇子内親王薨。淳和太上天皇之皇女也。母橘氏云々」とある。『皇胤系図』、『日本紀略』、『一代要記』などから、母は「橘船子」であったことが知られる。享年については、『勢語臆断』では十九歳とされて以来、若くして亡くなった皇女とされている。(1)

また、松田喜好氏は、崇子の母が橘氏であることに注目し、この第三十九段の物語の背景に「承和の変」の存在を透視している。(2)承和の変では、橘逸勢と伴健岑が謀反を企てたとされて流刑に処せられ、また、伴健岑が春宮坊の帯刀であったことから、恒貞親王の廃太子にまで発展した。既に天長六年に祖父である橘清野を亡くしていた崇子内親王は、「永名・逸勢兄弟を後見人として頼っていた」とし、また、反対に「崇子を媒介にして永名・逸勢兄弟は春宮恒貞親王に接近したのではなかったか」と松田氏は推察している。

承和の変の結果、恒貞親王は廃太子となり、事件処理にあたった藤原良房は、自身にとって邪魔な伴氏・橘氏に加えて、嵯峨源氏の勢力をも削ぐことに成功し、さらに藤原愛発や藤原吉野は追放されることにもなった。良房は愛発に代わって大納言に進み、恒貞親王の代わりに良房娘明子腹の道康親王が立太子し、後に文徳天皇となる。承和の変、それはその後の良房の将来を決定づける重要な事件としてあった。

ここで伴氏と橘氏だけではなく、嵯峨源氏の勢力までをも押さえることができたのは、恒貞親王の母が嵯峨天皇皇女の正子であることによる。正子内親王は嵯峨天皇の后・橘嘉智子を母とし、淳和天皇の寵愛を受けていた人物であり、この第三十九段に登場する源至と崇子内親王の関係を系図上で繋ぐ人物といえよう。

加えて、承和の変では、業平の父・阿保親王が大きく関わってもいる。なぜなら、承和の変が発覚したきっかけは、阿保親王が策謀を知り、嘉智子に伝えたことによるからである。母を橘氏とし、若くして亡くなった皇女崇子、その縁者は、承和の変に巻き込まれた政治的敗北者といえる。

第三十九段は「たかい子」の葬送を舞台として、業平を思わせる「その宮の隣なりける男」と、嵯峨源氏である「天の下の色好み、源の至といふ人」が登場していることから、そのような承和の変を絡めた読みが可能となるといえよう。

次に「田邑の帝と申すみかど」の「女御、多賀幾子」についてはどうか。

二　女御多賀幾子

第七十七段、第七十八段は次のようにある。

第七十七段

むかし、田邑の帝と申すみかどおはしましけり。その時の女御、多賀幾子と申すみまそがりけり。それうせたまひて、安祥寺にてみわざしけり。人々ささげ物奉りけり。奉り集めたる物、千ささげばかりあり。そこばくのささげ物を木の枝につけて、堂の前に立てたれば、山もさらに堂の前に動きいでたるやうになむ見えける。それを、右大将にいまそがりける藤原の常行と申すいまそがりて、講の終るほどに、歌よむ人々を召し集めて、今日のみわざを題にて、春の心ばへある歌奉らせたまふ。右の馬の頭なりけるおきな、目はたがひながらよみける。

山のみな移りて今日にあふことは春の別れをとふとなるべし

とよみたりけるを、いま見ればよくもあらざりけり。そのかみはこれやまさりけむ、あはれがりけり。

第七十八段

むかし、多賀幾子と申す女御おはしましけり。うせたまひて、七七日のみわざ、安祥寺にてしけり。右大将藤原の常行といふ人いまそがりけり。そのみわざにまうでたまひて、かへさに、山科の禅師の親王おはします、その山科の宮に、滝落し、水走らせなどして、おもしろく造られたるにまうでたまうて、「年ごろよそには仕うまつれど、近くはいまだ仕うまつらず。こよひはここにさぶらはむ」と申したまふ。親王喜びたまうて、よるのおましの設けせさせたまふ。さるに、かの大将、いでてたばかりたまふやう、「宮仕へのはじめに、ただなほやはあるべき。三条の大御幸せし時、紀の国の千里の浜にありける、いとおもしろき石奉れりき。大御幸ののち奉れりしかば、ある人の御曹司の前のみぞにすゑたりしを、島このみたまふ君なり、この石を奉らむ」とのたまひて、御随身、舎人して取りにつかはす。いくばくもなくてもて来ぬ。この石、聞きしよりは見るはまされり。これをただに奉らばすずろなるべしとて、人々に歌よませたまふ。右の馬の頭なりける人のをなむ、青き苔をきざみて、蒔絵のかたにこの歌をつけて奉りける。

あかねども岩にぞかふる色見えぬ心を見せむよしのなければ

となむよめりける。

『日本文徳天皇実録』によると、嘉祥三年七月九日、多賀幾子は文徳天皇女御となっている。『日本三代実録』の天安二年十一月十四日条が、「従四位下藤原朝臣多可幾子卒。多可幾子者。右大臣従二位良相之第一女也。少有二雅操一。」と藤原良相の娘であることやその人柄を伝えている。

そして、『伊勢物語』中では明示されていないが、「右大将にいまそがりける藤原の常行」は、この多賀幾子の兄弟である。常行と多賀幾子の父は藤原良相であり、良相は良房の弟である。第七十八段で常行が言う「三条の大御幸せし時」とは、貞観八年三月二十三日に藤原良相邸の西三条に清和天皇が行幸したことを指し、常行と基経は揃って正四位下に叙せられている。(3) 藤原基経は長良の息子で、二条の后となった高子の兄であるが、明子以外に男子のなかった良房の養子となり、良房の後継者となっている。常行と基経はこの三条大御幸の時には同じように昇位していたのである。

しかし、この数日後に応天門の変が起きる。応天門の変は、大納言伴善男が応天門の放火を左大臣源信の犯行だと右大臣良相に告げるも、反対に、太政大臣良房によって善男らが犯人であるとされ流刑になった事件である。この一件も、良房にとって好都合なものであり、基経は中納言へ昇進する。事実上失脚した良相と交代するように、常行は右大将となるが、基経と常行の差は歴然たるものがある。

第七十七・七十八段では、常行の官位表記「右大将」について、神尾暢子氏は、常行の「極官表記とすれば、大納言が適当」だが、常行の右大将は、右大臣左大将良相の左大将辞任と交替に実現し、異例の参議正四位下での任用であったことから、「常行の大将は、常行個人にも、良相一家にも、特筆すべき任用だったのである」(4)と指摘している。常行が右大将となったのは、『日本三代実録』によると、貞観八年十二月十六日であり、貞観十七年二月十七日に薨じるまで、右近衛大将であったため最終官職でもある。しかし、多賀幾子が亡くなった天安二年の時点では、まだ右少将であって、右大将ではなかった。

第七十七段では「右の馬の頭なりけるおきな」、第七十八段では「右の馬の頭なりける人」とあるが、業平が「右の馬の頭」であった時期をみると、貞観七年三月九日から貞観十七年一月十三日の間である。常行が「右大将」であり、業平が「右の馬の頭」であった時期は重なり、多賀幾子の没年である天安二年よりも後の貞観八年から十四年の間となる。

また、第七十八段に登場する「山科禅師の親王」については、人康親王があてられるが、親王の出家は『日本三代実録』によると、貞観元年五月七日で、女御多賀幾子の死後であり、時期が合わない。(5)さらに、中野まゆみ氏は、当時の安祥寺の実態からみて、多賀幾子の盛大な法要が行えるような状況にないため、本来は別の女御の法要だったのではないかと推論している。(6)

このように、多賀幾子の死、「三条の大御幸」、官位表記などの日時の特定を可能にする表現がある一方で、それぞれが矛盾するため、この二段についてある特定の一時期を確定することはできない。史実的な時間設定を拒むような表記となっている。

三　同音の名前

皇女崇子と女御多賀幾子の背景には、それぞれ承和の変や応天門の変という事件があり、その結果、彼女たちの近親者が政治的に敗北するという憂き目に遭っている。だが、これらの事件の渦中にあるとは言い難い「たかい子」「多賀幾子」の死を物語はなぜ描くのであろうか。

それは名前の〈音〉にあるのではないか。言うまでもなく、「たかいこ」と「たかきこ」の名前は似ている。木之下正雄氏は形容詞のイ音便化について次のように述べている。

形容詞のイ音便（以下、単に「イ音便」と呼ぶ。）は、地蔵十輪経元慶七年（八八三年）にトイコト（敏）とあるそうであるが、仮名文学では古今集（九〇五年）のアマネイ子、後撰集のキヨイ子などの人名に見える。これは、イ音便は談話語ではかなり古く発生したのであるが、崩れた言い方として文章では用いられなかった、人名だけは改めようがないのでそのままに記載された、と解する。(7)

つまり、「たかいこ」と「たかきこ」は元々同じ名前であったと考えられる。(8)「たかいこ」といえば、『伊勢物語』中では「二条の后」と呼ばれる藤原高子も「たかいこ」である。

『日本三代実録』には、改名した「たかいこ」の例が四名みられ、改名の理由はいずれも「中宮」の諱を憚ったため、(9)とある。貞観十八年十一月廿九日に清和天皇が、陽成天皇に譲位し、その母である二条の后高子は皇太夫人となったことによる。角田文衛氏は、このことから「高子を別の名に改めた者は、かなりの数に上ったことであろう。従ってこの時分には、藤原高子と名乗る女性には、上流、中流の貴族の間に多数いたものと推断される(10)」としている。

「たかいこ」の名を名乗れるのは二条の后ただ一人。「たかい子」と「多賀幾子」が死者として描かれる理由はこうした背景も踏まえていよう。

「たかい子」「多賀幾子」以外に、『伊勢物語』に実名で登場する人物の名前に言葉遊び的な要素があることは既に指摘されている。例えば、第十六段の「紀の有常」について、小笠原恭子氏が、『有常』に対する『無常』、名は有常なのに常ではない、という洒落(11)」という説を紹介し、第三十九段の「源の至」については、岩下均氏が『作者は「いたる」と「ほたる」の類似をおもしろいと思って設定だったのかもしれない(12)」と「いたる」と「ほたる」の〈音〉の類似性を指摘している。

このことは他の実名登場人物にも指摘できるのではないだろうか。第七十八段の「年ごろよそには仕うまつれど、近くはいまだ仕うまつらず」と言う「常行」には、「常に行く」という名前を持ちながら常には行かない。第百七段の「藤原の敏行」は、「つれづれのながめにまさる涙河袖のみひちてあふよしもなし」や、「雨のふりぬべきになむ見わづらひはべる。身さいはひあらば、この雨はふらじ」などと、雨が降っていることを理由になかなか訪れないが、ここには「敏く行く」つまり、早く行くという名前を持ちながら、なかなか行かない。名前とは逆の行動を取る人物である。彼らの名前が明かされる意味の一つに言葉遊び要素を指摘しうる。(13)

実名が表記される人物の名前の〈音〉からの連想が問題化されているならば、「たかい子」と「多賀幾子」の名前にも、それぞれが皇女と女御であった点をも含めて、「高い」つまり、高貴な女としての意味を併せ持たせていたと考えられる。

四 第三十九段たかい子登場前後

『伊勢物語』は段毎に「むかし、」と時と登場人物、場所を設定し直す定型から、共通項を持つ章段としてのまとめられ方はあるものの、従来成立論等の問題を絡めた段毎の解釈が主流である。一方で「男」の初冠から終焉までの一代記風であるとも説明される作品でもある。ここでは、作品の配列上、どのように解釈できるかを中心に考察する。まず、皇女「たかい子」が登場する第三十九段の前後、第三十七段から第四十五段までの物語の流れを概括してみたい。

第三十七段には「色好みなる女」が登場し、「男」に「夕影またぬ花」と詠まれ、「あひ見るまでは解かじとぞ思ふ」と返す。第三十八段では、「歩きて遅く来ける」紀の有常を待つ「男」の擬似恋愛歌めいた贈歌がある。第三十九段では、皇女「たかい子」の葬儀の夜、「いと久しう率ていでたてまつらず」と出棺されるのを待っていたところ、女車に同乗していた「男」が「天下の色好み源の至」と和歌を贈答する。ここまで「待つ」という状態が共通している。また、第三十九段の「いでていなば」という歌の言葉を引き継ぐように、続く第四十段でも「いでていなばたれか別れのかたからむありしにまさる今日はかなしも」と詠まれる。第四十二段では「いでてこし」、第四十四段では「いでてゆく」と変化しており、表現に関連性が認められる。

また、第三十九段の皇女「たかい子」の死に続き、第四十段では「いやしければ、すまふ力もなし」の女との仲を引き裂かれた「若き男」の死と蘇生が描かれる。段末で「むかしの若人」と「今のおきな」を比較しており、続く第四十一段では「女はらから」の夫が各々「いやしき男」と「あてなる男」として対称的に描かれる。そして、第四十段の「むかしの若人」や第四十一段の「女はらから」という語からは、「いとなまめいたる女はらら」に初冠したばかりの「男」が狩衣の裾を切り、歌を送る初段が想起される。男の詠む和歌の引歌を明らかにする手法(14)や、「狩衣の裾をきりて」や、「うへの衣を張り破りてけり」という衣を破損するという点でも初段と第四十一段とは共通している。

第四十二段では、再び「色好み」の女が登場し、第四十三段では「賀陽の親王」が思いをかけていた女に、「なまめきてありける」人と「われのみと思ひける」人の二人の男が配されているが、この構図は第三十九段で、女車を見て、それに男が同乗しているとも知らずに「なまめ」いてきた源至の姿と重なるだろう。

賀陽の親王の寵愛を受けながらも、男の機嫌をとる女は「色好み」とは表現されないものの、一人の女と複数の男という構図は、物語における色好み譚の流れを受けている。さらにいえば、親王が思いをかけていた女に接近する「男」は、第六十五段で「水の尾」つまり清和天皇に入内後も二条の后と関係を持つ「男」のミニチュア版と見ることもできる。

第四十五段では「ゆくほたる雲の上までいぬべくは秋風吹くと雁につげこせ」と高く飛び上がる蛍が詠まれる。第三十九段では女車に入れられた「蛍」が再び使われるが、ここでは空に上る亡き「人のむすめ」の魂のように描かれている。

以上、第三十九段前後を表現や登場人物の構図に注目し追ってみた。「色好み」をキーワードにした男女関係や、第四十、四十一段には「いやしい」身分にも言及した表現が続く。「むかしの若人は、さるすける物思ひをなむしける。今のおきな、まさにしなむや。」と閉じられる第四十段からは『伊勢物語』の前半部をまとめる気配がある。

五　第七十七・七十八段多賀幾子登場前後

同様に、女御「多賀幾子」登場の第七十七段前後として、第七十六段から第八十四段までを見てみたい。第七十六段では「男」は「おきな」と呼ばれ、『伊勢物語』全体で転換となる段である。第七十六段で「おきな」が二条の后の御車から禄を賜り、「大原や小塩の山も今日こそは神代のこともおもひいづらめ」と歌を奉るが、この「山」の表現は第七十七段では、人々の捧げ物を「右の馬の頭なるおきな」が「山もさらに堂の前に動きいでたるやうになむ見えける」と見間違え、「おきな」は「山のみな移りて今日にあふことは春の別れをとふとなるべし」と詠む。第七十八段は「山科禅師の親王」に奉る「おもしろき石」へと転換する。「あかねども岩にぞかふる色見えぬ心を見せむよしのなければ」と心を見せる手段として捧げ物を奉る由を詠む。

第七十六段の「人々禄たまはる」は、第七十七段では、反対に「人々捧げもの奉りけり」と対称的に描かれ、第七十七段では「歌よむ人々」の様子が描かれ、第七十八段では「人々に歌よませたまふ」、第七十九段では「人々歌よみけり」となる。

また、第七十六段は、二条の后との恋を懐古する内容であるが、「神代のこともおもひいづらめ」と詠む背景には、第三段から第六段の男と二条の后の恋を想起させる。第七十七段で多賀幾子の法要を「春の別れ」と詠んでいるが、これは、第四段の「月やあらぬ春やむかしの春ならぬわが身ひとつはもとの身にして」に通じるだろう。

第七十九段は業平の兄、行平の娘腹の貞数親王を「氏のなかに親王生まれたまへりけり」と在原氏一族を浮かび上がらせた後、「わが門に千ひろあるかげを植ゑつれば夏冬たれかかくれざるべき」と詠み、続く第八十段には「おとろへたる家に、藤の花植ゑたる人ありけり」というように、藤原氏の隠喩である藤の花を植える。ともに氏族意識が表面化しており、「千ひろある影」や「藤の花」を植えて藤原摂関家を暗示している点でも共通する。

第八十一段では、「左のおほいまうちぎみ」、つまり源融の邸宅が舞台となり、第八十二、八十三、八十五段では惟喬親王のもとに集まる人々が描かる。第七十六段から第七十八段では、人々が歌を詠むことが描かれてきたが、第八十一段は「酒飲みし遊びて」、第八十二段は「酒をのみ飲みつつやまと歌にかかれりけり」、第八十三、八十五段では「大御酒たまひ」と酒を飲み、集団で和歌を詠んでいる。

そして、集団の構成員は、第八十一段の「左のおほいまうちぎみ」邸では「親王たち」であり、惟喬親王のもとには、第八十二段では「かみ、なか、しも」、第八十五段では「俗なる禅師なる」といった人々となっている。加えて、第八十二段の登場人物は、第七十八段と酷似している。

第八十三段で惟喬親王が出家することや、親王と「右の馬の頭なりける人」と「常」の字を名に持つ者という共通点があり、皇統につくことなく出家した親王を中心に、「政治の表舞台から脱落した者の集合体」である。

唯一の差異は、第七十八段では、「山科禅師の親王」と常行の関係を「宮仕へ」関係としているのに対し、第八十三段では、「さてもさぶらひてしがなと思へど、おほやけごとどもありければ、えさぶらはで」とあり、さらに八十五段では、「おほやけの宮仕へしければ、つねにはえまうでず」とあるように、惟喬親王に仕えたくとも、「おほやけの宮仕へ」ゆえにそれがかなわないとしている。また、惟喬親王章段中におかれた第八十四段でも「宮仕へ」は、死の迫った「宮」である母に会いに行きたくとも行けない障害となっている。

このように前後の段との関連の見ていくと、一連の流れがあり、対比的かつ類似的に相互に関連するよう配列されている。この部分には、第七十六段を契機に「おきな」となることからも、『伊勢物語』後半部として過去を懐古し、一族意識を持ちつつ「宮仕へ」をする「男」が描かれているといえる。

このように、前後段に共通・反転した要素を拾い上げると、「たかい子」前後には色好み性、「多賀幾子」前後には政治性が浮き上がるのである。色好み性と政治性、それは二条の后章段の重要な構成要素であった。(15)

六 「たかいこ」の死

「たかい子」と「多賀幾子」の登場する前後を中心に『伊勢物語』全体の流れをみると、『伊勢物語』前半にあたる第三十九段、皇女「たかい子」には、女車の存在から一人の女に対して複数の男が懸想するという色好みの構図が見られ、『伊勢物語』後半になる第七十七段、「多賀幾子」には、前段に藤原氏の氏神を祀った大原野神社に二条の后が参詣する場面を置くことで、話の輪郭がより明確になっている。これらは、二条の后章段の発端である色好み的側面と結末となる政治的側面を分担していよう。天皇との関係が明示され、高貴な女をイメージさせる「たかいこ」――この名前は、以上のような流れを踏まえて見ると、二条の后となった高子の暗示となる。

二条の后章段の核となる第三段から第六段は前半部に置かれているが、「男」の一代記風である『伊勢物語』全体を通して「二条の后」は第七十六段と第九十五段にも登場する支柱である。色好みと政治性という、物語の大きな主題を担った二条の后章段は、鬼に食われるという異界で一応の結末は描くものの、その後も燻り続けている。

第三十九段では、「いでていなばかぎりなるべみともし消ち年経ぬるかと泣く声を聞け」と詠む「男」に、「天の下の色好み源の至」が「いとあはれ泣くぞ聞こゆるともし消ちきゆるものともわれはしらずな」と返すが、至の詠む和歌こそ二条の后章段における「男」の心情であり、第七十七段でおきなが詠む「山のみな移りて今日にあふことは春の別れをとふとなるべし」も、二条の后章段にある第四段の「月やあらぬ春やむかしの春ならぬわが身ひとつはもとの身にして」にある「春の別れ」を思い起こさせる。「たかい子」と「多賀幾子」という二人の死が描かれる理由は、二条の后高子の死と関係あるのではないか。

おわりに

『伊勢物語』には「高子」という名前も二条の后の死も描かれない。史実に則して考えるならば、二条の后高子が崩御するのは、延喜十年（九一〇）であり、「男」である在原業平が没した元慶四年（八八〇）より三十年後であるため、「男」の終焉で幕を閉じる『伊勢物語』中には描けなかったのだろう。「男」との逃亡に失敗した「女」は二条の后として生き残った。「男」にとっての「ただ人」高子は死んだに等しい。藤原摂関家の二条の后と、政治的敗者となった一族の皇女「たかい子」と女御「多賀幾子」は対極的な位置にある。

「たかい子」と「多賀幾子」の死を描くことは、二条の后高子の疑似葬送場面ということになろう。色好み性と政治性を帯びた中に「たかい子」・「多賀幾子」の死を持ち出し、葬送と法要を行い、二条の后高子の死を疑似的に代行し、再び密かに葬ることであったのではないだろうか。

しかし、葬り別れを告げるものの、思いは消えず、法要を営み、繰り返し「春の別れ」を思い出すしかない。二条の后章段の後半として『伊勢物語』は「たかい子」、「多賀幾子」の名前を必要としたのである。

注

（1）井川健司「伊勢物語の実在人物章段・続考―39・77・101段と史実―」（『平安朝文学研究』復刊第一巻第一号、一九八一年七月）は、「通例によれば親王宣下は二、三才の頃であるから、承和2年の時点にて崇子二、三才とみなすと、生誕は天長10年（833）か承和元年（834）、薨去が承和15年（848）であるから享年は一五、六才であったと推定される」と計算し、皇女研究会「皇女総覧（十四）―崇子内親王（淳和天皇皇女）、新子内親王（仁明天皇皇女）―」（『瞿麦』12巻、二〇〇〇年十月）は、「崇子の生年が父・淳和の即位前後とすれば、内親王の享年は二十歳代であった」としている。

（2）松田喜好「崇子内親王」の登場背景」（『伊勢物語攷』笠間書院一九八九年九月）。

（3）『日本三代実録』貞観八年三月二十三日条（『國史大系第四巻』黒板勝美・國史大系編修會編、吉川弘文館、一九三四年）。

廿三日己亥。鸞輿幸㆓右大臣藤原朝臣良相西京第㆒。観㆓櫻花㆒。・・・是日。進㆓参議右大弁従四位上兼行播磨権守大江朝臣音人。参議右近衛権中将兼備前守藤原朝臣常行。参議左近衛中将兼伊豫守藤原朝臣基経階㆒並加㆓正四位下㆒。

（4）神尾暢子「伊勢物語の老翁表現」（『学大国文』第二六号、一九八三年二月）。

（5）『日本三代実録』貞観元年五月七日「四品守弾正尹兼行常陸大守人康親王入道」また、「山科禅師の親王」には、業平の叔父にあたる高岳親王をあてる説もある。

（6）中野まゆみ「伊勢物語七七段「安祥寺での多賀幾子法要」存疑―「田邑帝の女御」は藤原古子か」（『国文学研究』一〇八巻、一九九二年十月）。

（7）木之下正雄「形容詞イ音便化の条件」（『国語国文』27巻11号、一九五八年十一月）。

（8）池田亀鑑『伊勢物語に就きての研究〔1〕（校本篇）』（有精堂出版、一九八六年）によると、多賀幾子の校異が特に多く、塗籠本系では、第七十七段に該当する段がないため、女御「たかきこ」ではなく、第七十八段に登場する「山科禅師の親王」を表す「きたのみこ」となっている本文もある。また、天福本系紹巴本に第七十七段の「女御」が「みこ」となる校異があるが、これは多賀幾子と第三十九段のたかい子を混同したと考えられる。天皇との関わりを強調し、語り出されている。この冒頭表現も、時を経て名前が混同することを避けるためではないだろうか。

（9）①春澄高子（洽子）元慶元年二月廿二日甲子。掌侍従従五位上春澄高子。改㆓名洽子㆒。以㆑觸㆓中宮諱㆒

也。②安倍高子（基子）③葛木高子（賀美子）元慶元年閏二月七日己卯。正五位下安倍朝臣高子改㆓名基子㆒。外従五位下葛木宿祢高子改㆓名賀美子㆒。以㆑触㆓中宮諱㆒也。④源高子（雅子）元慶元年閏二月十三日乙酉・・・従五位下源朝臣高子改㆓名雅子㆒。以㆑触㆓中宮諱㆒也。

(10) 角田文衛「あやなくの恋　二条の后　藤原高子」（『二条の后藤原高子―業平との恋』幻戯書房、二〇〇三年）。

(11) 小笠原恭子「伊勢物語随想―実名と洒落と紀有常と―」（『武蔵大学人文学会雑誌』第七巻第三・四号、一九七六年六月）。

(12) 岩下均「「蛍」考」（『目白学園国語国文学』第二号、一九九三年三月）。

(13) 他にも第百一段に登場する藤原良近の名前も背景を考えると皮肉な言葉遊びとなっている。

(14) 初段の「春日野の若むらさきのすりごろもしのぶの乱れかぎりしられず」は、「みちのくのしのぶもぢずりたれゆゑに乱れそめにしわれならなくにといふ歌の心ばへなり。昔人は、かくいちはやきみやびをなむしける。」と『古今和歌集』巻一四（恋四）七二四番歌の「題しらず　河原の左大臣」の源融の歌を踏まえたものであることを明かす。第四十一段でも、「男」の「むらさきの色こき時はめもはるに野なる草木ぞわかれざりける」の後に「武蔵野の心なるべし」とあり、『古今和歌集』巻一七（雑上）八七六番歌「題しらず　詠人しらず」の「紫のひともとゆゑに武蔵野の草はみながらあはれとぞ見る」を踏まえたことを指す。

(15) 次章では、短章段にも同様に二条の后章段と斎宮章段の重要な構成要素が含まれていることを論じる。

第八章　『伊勢物語』の短章段

はじめに

全体的に短い段で構成されている『伊勢物語』だが、その中でも特に短い段がある。本章ではこれらの特に短い段が連続する意味について考察する。

短い段の研究については上野理氏(1)と松田喜好氏(2)の考察がある。上野氏は「簡単な前書と一首の歌で構成され、しかも、その前書が和歌を読めばわかる範囲のことが記されているに過ぎない掌編」を第一種、「作者の独自の解釈がわずかながら加わった掌編」を第二種、「前書は第一種と同じだが、和歌のあとに短文の説明の加わった掌編」を第三種、「前書きは第一種と同じく和歌を読めばわかる範囲の記載に過ぎないが、和歌が一首ではなく贈答形式になっている掌編」を第四種として分類している。そして、そのように「掌編」として挙げた二十九段から恋の贈答を主題としない数段を除外し、「『万葉集』との深いかかわり」と掌編世界が三代集のよみ人知らず歌の世界と隣接することを推測している。

また、松田氏は、各段の中に登場する和歌の数をA～Eの五種類に分類し、また更に岩波古典文庫本『伊勢物語』の表記を基本にした長さで分類している(3)。そして、それぞれのグループの和歌と『万葉集』・『古今和歌集』・『後撰和歌集』・『拾遺和歌集』との関係を検証している。

これらの先行研究はそれぞれ和歌の数や他出の歌集との関係、和歌の後に解説があるかどうかという点からの考察である。「歌物語」である『伊勢物語』にとって和歌は当然重要な意味を持つことは明らかであるが、各段を「短い」あるいは「長い」段にしているのは、散文部分の存在が大きい。

『伊勢物語』には単純に文字数が少ない段が連続している箇所がある。本章では、新編日本古典文学全集の『伊勢物語』本文の文字数を基に、特に百三十九文字以内のものを「短い段」とし、これらの「短い段」が連続する箇所を「短章段」とする。また、これらの短章段には「色好みなる女」「つれなき人」と表現される女たちがたびたび登場することに注目し、二条の后章段と斎宮章段との関係を考えてみたい。

一　短章段のグループ

『伊勢物語』には短い段が連続する箇所が計五カ所ある。具体的には①第二十五段から第三十七段まで、②第五十一段から第五十七段まで、③第八十八段から第九十三段まで、④第百八段から第百十三段まで、⑤第百十五段から第百二十五段までである。それぞれの段の内容や登場する女性について確認していくために表を掲げる。その上で、グループごとの特徴を確認する。

以下、表の凡例を示す。

短章段表　凡例
＊章段は二→二条の后章段、東→東下り・東国章段、惟→惟喬親王章段、色→色好み登場章段、長→長岡章段、西→西下り章段、斎→斎宮

＊字数：新編日本文学全集『伊勢物語』の本文139字以内→短／140字以上→長
＊万葉・古今・後撰・拾遺…『伊勢物語』の和歌と同一の歌は「◯」、一字でも異なる場合は「類歌」とした。
＊業平を詠み人とする場合、古今集歌は「古」、後撰集歌は「後」、拾遺集歌は「拾」とし、『伊勢物語』歌と異なる場合は（　）を付けた。詠人不知の場合の表記も同様である。

上野理「伊勢物語の掌編と和歌」（森本元子編『和歌文学新論』明治書院　一九八二年）
第一種…簡単な前書と一首の歌で構成され、しかも、その前書が和歌を読めばわかる範囲のことが記されているに過ぎない掌編（16段）
第二種…作者の独自の解釈がわずかながら加わった掌編（7段）
第三種…前書きは第一種と同じだが、和歌のあとに短文の解説の加わった掌編（4段）
第四種…前書きは第一種と同じく和歌を読めばわかる範囲の記載に過ぎないが、和歌が一首ではなく贈答形式になっている掌編（2段）
＊恋愛の要素を含まない段として上野氏が除外したものを（　）で記した。

松田喜好『伊勢物語攷　第二』笠間書院　一九九四年
A…章段一首の段（78章段）
A－1…後の地の文の比較
A－1－Ⅰ（70文字以内）→51章段　A－1－Ⅱ（150字以上）→13章段
A－2…歌の前の地の文の比較　A－2－Ⅰ（歌で終わっている段）→40章段
A－2－Ⅱ（36字以内）→26章段　A－2－Ⅲ（37字以上）→12章段
B・・・章段二首の段（30章段）　B－1（贈答体型）　B－2（B－1以外）
C・・・章段三首の段（6章段）　C－1（三首贈答体型）　C－2（C－1以外）
D・・・章段四首の段（5章段）　D－1（二組の贈答体型）　D－2（D－1以外）
E・・・章段五首以上の段（6章段）

短章段表

段	章段	男	女	歌総数（内訳）	字数	章段	上野理	松田喜好	松田A-1	松田A-2	万葉	古今	後撰	拾遺	業平歌	詠人不知
1		男（昔人）	いとなまめいたる女はらから	2（古歌1）	269			B-2				類歌				
2		男　かのまめ男	西の京に女　その女、世人にはまされりけり　その人、かたちよりは心なむまさりたりける	1	179			A	-Ⅱ	-Ⅰ		○			古	
3	二	男	懸想じける女　二条の后ただ人	1	105	二		A	-Ⅰ	-Ⅲ						
4	二	本意にはあらで心ざし深かりける人	東の五条に大后の宮おはしましける西の対にすむ人	1	282	二		A	-Ⅱ	-Ⅱ		○			古	
5	二	男	二条の后	1	240	二		A		-Ⅲ		○			古	
6	二	男	女のえ得まじかりける　二条の后　かたちのいとめでたくおはしければ	1	485	二		A	-Ⅱ	-Ⅲ						
7	東	男		1	94	東		A	-Ⅰ	-Ⅱ			○		後	
8	東	男		1	105	東		A		-Ⅰ						
9	東	男	（わが思ふ人）	4	872	東		D-2				○			古	
10	東	男　むこがね	その国（武蔵）にある女　父はなほ人にて、母なむ藤原なりける	2（母1）	234	東		B-1-Ⅱ								
11	東	男		1	61	東		A	-Ⅰ	-Ⅰ				○		
12	東	男　ぬすびと	人のむすめ　女	1（女）	164	東		A		-Ⅱ		類歌				（古）
13	東	武蔵なる男	京なる女	2（女1）	157	東		B-1-Ⅱ								
14	東	男　京の人	そこ（陸奥の国）なる女	3（女2）	249	東		C-1			類歌	類歌				（古）
15	東		なでふことなき人の妻　さやうにてあるべき女ともあらず見え	1	119	東		A	-Ⅰ	-Ⅲ						
16	（惟）	ねむごろにあひ語らひける友だち		4（有常3）	487	（惟）		D-2								
17		年ごろおとづれざりける人	あるじ	2（あるじ1）	92		（第四種）	B-1-Ⅱ				○			古	古
18		男	なま心ある女	2（女1）	130			B-1-Ⅱ								

①

段	章段	男	女	歌総数（内訳）	字数	章段	上野理	松田喜好	松田A-1	松田A-2	万葉	古今	後撰	拾遺	業平歌	詠人不知
19		男	宮仕へしける女の方に、御達なりける人	2（女1）	173			B-1-Ⅱ				類歌 ○			古	
20		男	大和にある女	2（女1）	180			B-1-Ⅰ								
21		男	女 この女	7（女3）	516			E			類歌	類歌				（古）
22		男	女	4（女2）	223			D-1								
23		ゐなかわたらひしける人の子ども 男 となりの男 大和人	女 この女 もとの女／かの女	5（妻2 高安2）	672			E			類歌	○				古
24		男 この男	女	4（女3）	372			D-2			類歌					
25	色	男	あはじともいはざりける女 **色好みなる女**	2（女1）	112	色		B-1-Ⅰ				類歌			（古）	
26	（二）	男	五条わたりなりける女	1	72	（二）		A	-Ⅰ	-Ⅰ						
27		男 来ざりける男	女	2（女1）	141			B-1-Ⅱ								
28	色		**色好みなる女**	1	52	色	第二種	A	-Ⅰ	-Ⅰ						
29	二		春宮の女御の御方	1	58	二		A	-Ⅰ	-Ⅰ						
30		男	はつかなりける女	1	46		第一種	A	-Ⅰ	-Ⅰ						（古）
31		男	ある御達の局／ねたむ女	1	101			A	-Ⅰ	-Ⅱ						
32			ものいひける女	1	69		第三種	A	-Ⅰ	-Ⅱ		類歌				（古）
33		男	莵原の郡に通ひける女（ゐなか人）	2（女1）	121			B-1-Ⅰ			類歌					
34		男	**つれなかりける人**	1	59		第三種	A	-Ⅰ	-Ⅱ						
35			心にもあらで絶えたる人	1	49		第一種	A	-Ⅰ	-Ⅰ	類歌			類歌		
36			「忘れぬるなめり」と、問ひ言しける女	1	54		第一種	A	-Ⅰ	-Ⅰ	類歌					
37	色	男	**色好みなりける女**	2（女1）	92	色	第四種	B-1-Ⅰ			類歌					
38	（惟）			2（有常1）	92	（惟）		B-1-Ⅲ								
39	色（二）	その宮の隣なりける男 車なりける人 乗れる男	（たかい子／女）	2（至1）	354	色（二）		B-1-Ⅲ								
40		若き男 男（むかしの若人）	けしうはあらぬ女 女もいやしければ この女	1	372			A	-Ⅱ	-Ⅲ						
41		あてなる男 かのあてなる男	女はらから二人 いやしき男もたる	1	232			A	-Ⅱ	-Ⅱ		○			古	

②

段	章段	男	女	歌総数（内訳）	字数	章段	上野理	松田喜好	松田A-1	松田A-2	万葉	古今	後撰	拾遺	業平歌	詠人不知
42	色	男	色好みとしるしる、女	1	173	色		A		-Ⅱ						
43		人　また人　男	女　この女	3（女1）	223			C-1				○				古
44		あるじの男	（家刀自）	1	154			A		-Ⅱ						
45		男　この男	人のむすめ	2	256			B-2					○		後	
46		男		1	186			A	-Ⅱ	-Ⅰ						
47		男　この男	ねむごろに、いかでと思ふ　女	2（女1）	117			B-1-Ⅱ				○			古	古
48		男		1	64			A	-Ⅰ	-Ⅰ		○			古	
49		男	妹	2（女1）	87			B-1-Ⅰ								
50		男	うらむる人　女	5（女2）	213			E				○				古
51		男	（人）	1	47		（第一種）	A	-Ⅰ	-Ⅰ		○			古	
52		男	（人）	1	76			A	-Ⅰ	-Ⅱ						
53		男	あひがたき女	1	62		第一種	A	-Ⅰ	-Ⅰ						
54		男	**つれなかりける女**	1	48		第一種	A	-Ⅰ	-Ⅰ			類歌			後
55		男	思ひかけたる女の、え得まじうなりて	1	55		第一種	A	-Ⅰ	-Ⅰ						
56		男		1	52		第二種	A	-Ⅰ	-Ⅰ						（古）
57		男	**つれなき人**	1	58		第一種	A	-Ⅰ	-Ⅰ						（拾）
58	色長	心つきて色好みなる男　この男　いみじのすき者	女ども　この女ども	3（女1）	274	色長		C-1				○				古
59		男		2	141			B-2				○	類歌		（後）	古
60	西	男　この男　宇佐の使	心もまめならざりけるほどの家刀自　ある国の祇承の官人の妻　女あるじ　尼	1	215	西		A	-Ⅱ	-Ⅱ		○				古
61	色西	男　色好むといふすき者	すだれのうちなる人　女	2（女1）	116	色西		B-1-Ⅰ					類歌	○	（拾）	（後）
62	西	もと見し人　男	年ごろ訪れざりける女	2	293	西		B-2								
63		男　在五中将	世心つける女　この女　かの女　女	2（女1）	468			B-1-Ⅳ				類歌				（古）
64		男	あやしさによめる（女）	2（女1）	98			B-1-Ⅰ								
65	二	在原なりける男　この男	おほやけ思してつかうたまふ女の、色ゆるされたる大御息所とていますがりけるいとこ　この女	5（女2）	979	二		E				類歌○				古（古）

段	章段	男	女	歌総数（内訳）	字数	章段	上野理	松田喜好	松田A-1	松田A-2	万葉	古今	後撰	拾遺	業平歌	詠人不知
66		男		1	104			A	-Ⅰ	-Ⅱ			類歌		(後)	
67		男		1	147			A		-Ⅰ						
68		男		1	117			A	-Ⅰ	-Ⅱ						
69	斎	男 この人	かの伊勢の斎宮なりける人 女 文徳天皇の御女、惟喬の親王の妹。	3（女1・5）	807	斎		C-1				類歌○			古	古(古)
70	斎	男	斎の宮のわらはべ	1	74	斎		A	-Ⅰ	-Ⅰ						
71	斎	男 大宮人	かの宮(伊勢の斎宮)に、すきごといひける女	2（女1）	108	斎		B-1-Ⅱ			類歌			類歌		
72	斎	男	伊勢の国なりける女 女	1（女）	71	斎		A	-Ⅰ	-Ⅰ						
73	(斎)		消息をだにいふべくもあらぬ女	1	68	(斎)	第二種	A	-Ⅰ	-Ⅰ	類歌					
74	(斎)	男	女	1	43	(斎)	第一種	A	-Ⅰ	-Ⅰ	類歌			○		
75	(斎)	男	(伊勢の国に率ていきてあらむ) つれなかりければ 女 世にあふことかたき女	4（女2）	185	(斎)		D-1								
76	二	近衛府にさぶらひけるおきな	二条の后	1	139	二		A		-Ⅱ		○			古	
77	(二)	右の馬の頭なりけるおきな	(多賀幾子)	1	321	(二)		A	-Ⅱ	-Ⅲ						
78	(二)	右の馬の頭なりける人	(多賀幾子)	1	505	(二)		A	-Ⅱ	-Ⅱ						
79		御祖父がたなりけるおきな 中将		1	121			A	-Ⅰ	-Ⅲ						
80		おとろへたる家に、藤の花植ゑたる人	(人)	1	91			A	-Ⅰ	-Ⅰ		○			古	
81		かたゐおきな かのおきな		1	324			A	-Ⅱ	-Ⅲ						
82	惟	右の馬の頭なりける人 その人 馬の頭なりける人 馬の頭 かの馬の頭		6（また人1 有常2）	727	惟		E				○	類歌		古	
83	惟	馬の頭なるおきな この馬の頭		2	422	惟		B-2				○			古	
84	長	男 子 ひとつ子 かの子	(母なむ宮 その母)	2（母1）	215	長		B-1-Ⅳ				類歌○			古	

段	章段	男	女	歌総数（内訳）	字数	章段	上野理	松田喜好	松田A-1	松田A-2	万葉	古今	後撰	拾遺	業平歌	詠人不知
85	惟	男		1	268	惟		A	Ⅱ	Ⅱ		類歌				
86		いと若き男	若き女	1	149			A		Ⅱ						
87		男 あるじ かのあるじの男		4（衛府の督1）	716			E			類歌	○			古	
③ 88		いと若きにはあらぬ		1	71		（第二種）	A	Ⅰ	Ⅰ		○			古	
89		いやしからぬ男	われよりはまさりたる人	1	64		第二種	A	Ⅰ	Ⅰ						
90			つれなき人	1	133			A		A-2-Ⅱ						
91		月日のゆくをさへ歎く男		1	54		（第二種）	A	Ⅰ	Ⅰ			類歌			（後）
92		男	女	1	58		第一種	A	Ⅰ	Ⅰ		類歌				（古）
93		男、身はいやしくて	いとになき人	1	122			A	Ⅰ	Ⅱ						
94		男 その男 かの男	女（子ある仲）絵かく人	2（女1）	279			B-1-Ⅰ								
95	（二）	二条の后に仕うまつる男	女の仕うまつる女	1	158	（二）		A		Ⅱ						
96		男 かの男	女 この女	1	446			A	Ⅱ	Ⅲ						
97		中将なりけるおきな		1	81			A	Ⅰ	Ⅰ		○			古	
98		仕うまつる男		1	123			A	Ⅰ	Ⅱ		類歌				古
99		中将なりける男	女	2（女1）	138			B-1-Ⅰ				○			古	古
100		男	あるやむごとなき人	1	98			A	Ⅰ	Ⅰ						
101		あるじのはらから		1	347			A	Ⅱ	Ⅲ						
102	斎	男	あてなる女の、尼 斎宮の宮	1	143	斎		A		Ⅱ						
103		男	親王たちのつかひたまひける人	1	138			A		Ⅱ		○			古	
104	斎	男	ことなることなくて、尼になれる人 斎宮	1	145	斎		A	Ⅰ	Ⅲ						
105		男	女	1（女）	88		第三種	A	Ⅰ	Ⅱ						
106		男		1	61			A	Ⅰ	Ⅰ		○			古	
107		あてなる男 かのあるじなる人 例の男	（その男のもとなりける人 女）	3（敏行1）	391			C-1				類歌 ○			古	
④ 108		聞きおひける男	女	2（女1）	91			B-1-Ⅱ								
109		男		1	53			A	Ⅰ	Ⅰ		○				

⑤

段	章段	男	女	歌総数（内訳）	字数	章段	上野理	松田喜好	松田A-1	松田A-2	万葉	古今	後撰	拾遺	業平歌	詠人不知
110		男	みそかに通ふ女	1	79			A	-Ⅰ	-Ⅰ						
111		男	やむごとなき女	3（女1）	137			C-1					類歌			
112		男	ねむごろにいひちぎりける女	1	63		第一種	A	-Ⅰ	-Ⅰ		○				古
113		男、やもめ		1	39		第一種	A	-Ⅰ	-Ⅰ						
114				1	160			A		-Ⅲ			○			
115		男	女　この女	1（女）	116			A		-Ⅰ		○				
116		男	京に思ふ人	1	88			A	-Ⅰ	-Ⅱ	類歌			類歌		（拾）
117				2（帝・住吉の神）	87			B-1-Ⅳ				類歌				（古）
118		男	（女）	1（女）	65		第一種	A	-Ⅰ	-Ⅰ		○				古
119		あだなる男	女	1（女）	57		第一種	A	-Ⅰ	-Ⅰ		○				古
120		男	女のまだ世経ずとおぼえたる **つれなき人**	1	71		第一種	A	-Ⅰ	-Ⅰ				類歌		（拾）
121		男	（梅壺より雨にぬれて、人のまかりいづる？）人	2（女1？）	88			B-1-Ⅰ				類歌				古
122		男	ちぎれることあやまれる人	1	61		第三種	A	-Ⅰ	-Ⅱ						
123		男	深草にすみける女　女	2（女1）	134			B-1-Ⅰ				類歌○			古	（古）古
124		男		1	56		（第二種）	A	-Ⅰ	-Ⅰ						
125		男		1	54		（第一種）	A	-Ⅰ	-Ⅰ		○			古	

まず、①第二十五〜三十七段である。第二十五段は「あはじともいはざりける色好みなる女」、第二十六段は「男」にとって「え得ずなりにけること」になった「五条わたりの女」、第二十七段は「男」が「女のもとに一夜いきて、またも行かずになりにければ」という状態、第二十八段は再び「色好みなりける女」、第二十九段は「春宮の女御の御方」、第三十段は「はつかなりける女」というわずかにしか逢ってくれない女性、第三十一段は「ある御達の局」という后ではないものの身分の高い女性、第三十二段は「ものいひける女」という過去に関係がある女、第三十四段は「つれなかりける人」、第三十五段「心にもあらで絶えたる人」、第三十六段「『忘れぬなめり』と問ひ言しける女」、第三十七段は「色好みなりける女」が登場する。

　第三十七段のようにこれから関係が絶えることを予感するものもあるが、かつて関係のあった女性が多く、二条の后章段のその後、逢えなくなった状態という要素が強く表れているだろう。また、「色好み」とされる女が三回登場するのが特徴といえよう。

　②第五十一〜五十七段のグループではどうだろうか。第五十一段は「男」が「人」の前栽に菊を植える。『大和物語』第百六十三段には「在中将に二条の后より菊を召しければ奉るついでに」という説明の後にこの歌が詠まれる。『大和物語』ではこの「人」を二条の后と解釈している。続く第五十二段も『大和物語』第百六十四段と同じ和歌が詠まれている。「人」との恋愛感情は見出しにくいものの「あやめ刈り」と「狩り」を照らし合わせ雉を贈っている。『伊勢物語』において「狩」は「恋」を意味する重要な言葉であることは既に指摘[4]されていることも見逃せない。

第五十三段には「あひがたき女」、第五十四段には「つれなかりける女」、第五十五段は「思ひかけたる女」の「え得まじうなりて」、第五十六段は女性の描写はないが女に逢えないことを嘆く状況がわかる。第五十七段は「つれなき人」で「人しれぬもの思ひ」をする。

③第八十九〜九十三段グループでは、第八十八段に「いと若きにはあらぬ」と「友だちども」が集まっている。ともに住むべき国を求め東下りした友や有常のような友が連想され、老いを嘆く「男」と一緒に歳を重ねた仲間であり、時間経過を思わせる。第八十九段には「われよりはまさりたる人」という高貴な女性へ思いをかけて時間が経ったもの、第九十段は「つれなき人」であり、第九十一段は二条の后章段の第四段を思わせる状況、第九十二段は恋しさにくるものの手紙を贈ることさえできない状態であり、第九十三段は「いとになき人」という高貴な女性に思いをかける。

④第百八〜百十三段グループの第百八段は有名な筒井筒の第二十三段のパロディのような段、第百九段は友だちが登場し、東下りや有常を連想させる。第百十段は「みそかに通ふ女」、第百十一段は「やむごとなき女」であり、二条の后を思わせる。第百十二段は「ねむごろにいひちぎりける女」のことざまになったという状況は「今宵さだめよ」の約束が果たせなかった斎宮を思わせる。第百十三段は一人になった「男」の独詠である。

⑤第百十五〜百二十五段グループは、第百十五段・第百十六段は陸奥の国が舞台の東国章段であり、第百十七段は帝と住吉の神が登場する変わった話だが、住むべき国を求めに行った東下り・東国章段の後に「すみよし」の話という言葉遊びだろうか。第百十六段、第百十七段では「久しくなりぬ」という

言葉が歌に詠まれ、第百十八段は久し振りに女を訪ねようとした「男」が登場する。第百十九段はそうした「あだなる男」を忘れられない女という一対を成しているようにも読める。第百二十段は「つれなき人」、第百二十一段は第三十八段での有常との戯れの歌に似ている。第百二十二段は「ちぎれることあやまれる人」は第百十二段と同様に斎宮を思わせる。第百二十三段は「待つ女」という『伊勢物語』で理想とされる女性像が描かれる。第百二十四段は他者と思いを共有することを諦めた「男」、第百二十五段は死へ旅立つ「男」で物語を閉じる。

二 「色好みなる女」「色好みなりける女」

ここで注目したいのは①グループ第二十五段・第二十八段・第三十七段に目立って繰り返される「色好みなる女」、「色好みなりける女」である。なぜ「色好みなる女」が繰り返し登場するのだろうか。この三段の本文を確認したい。

第二十五段

むかし、男ありけり。あはじともいはざりける女の、さすがなりけるがもとに、いひやりける。

秋の野にささわけし朝の袖よりもあはで寝る夜ぞひちまさりける

色好みなる女、返し、

みるめなきわが身をうらとしらねばや離れなで海人の足たゆく来る

第二十八段

むかし、色好みなりける女、いでていにければ、

などてかくあふごかたみになりにけむ水もらさじとむすびしものを

第三十七段

むかし、男、色好みなりける女にあへりけり。うしろめたくや思ひけむ、

われならで下紐解くなあさがほの夕影またぬ花にはありとも

返し、

ふたりして結びし紐をひとりしてあひ見るまでは解かじとぞ思ふ

上野理氏は第三十三段から第三十七段について「藝の歌を記憶するための『歌語り』を取り込むことを当面の目的」としていると論じており、(5)その言葉を引きながら菊地靖彦氏はこれらの歌を取り込むために持ってこられた女たちだとしている。(6)和歌との関係性よりも、作品全体の配列と構成に目を向けるべきだろう。

①の章段については、菊地靖彦氏が第二十五・二十六段に現れる「海」が「水」の連想を誘って第二十七・二十八段に及んでいる点を指摘し、「『をとこ』の性格をあらためて定位しなおし、そして女との不調和を語る」章段としている。(7)渡邊淳子氏も「言葉が呼び起こすイメージの関連によって連鎖的に章

段配列がなされている傾向」を指摘している。また、第二十九段から第三十二段は「官人『をとこ』を語る章段をまず置き、次のその補いのかたちで巷間にあった歌による掌編を配して、それをあたかも二条后章段の回想の詠嘆らしく仕立てている」として「二章段一対の繰り返し」であると述べる(8)。

三つの章段を詳細に見ていくと第二十五段では「あはじともいはざりける女の、さすがなりける」という逢うとも逢わないとも言わず思わせぶりな態度をとり、いざとなると逢わない女として描かれ、逢えなかった悲しみを嘲笑するような和歌を返す。この贈答歌は『古今和歌集』巻第十三(恋歌三)622・623番歌として並んでいる。在原業平と小野小町の歌であることから、二人が恋人同士であったという伝説の発端にもなる段である。

第二十八段では、「色好みなりける女、いでていにければ」と出奔する女性であり、「男」が「などてかくあふごかたみになりにけむ」と逢うことが難しくなったことを嘆き詠む。第三十七段では、「色好みなりける女にあへりけり」と逢ったものの、「うしろめたくや思ひけむ」と女のことを疑い、自分以外とは下紐を解かないでくれと詠む。女はそのようなことはしないという返歌をする。「色好みの女」に翻弄される「男」の姿が描かれている。

一方「色好みの女」は他にも第四十二段にも登場している。

第四十二段

むかし、男、色好みとしるしる、女をあひいへりけり。されどにくくはた、あらざりけり。しばしばいきけれど、なほいとうしろめたく、さりとて、いかではた、えあるまじかりけり。なをはた、えあらざりける仲なりければ、二日三日ばかりさはることありて、えいかでかくなん、いでて来しあとだにいまだ変らじをたが通ひ路といまはなるらん
ものうたがはしさによめるなりけり。

この段では、女性が色好みであることを承知の上で付き合い、二、三日行くことができなかったため、今頃「たが通ひ路」別の男の通い路になっているにではないかと疑って詠む。

これらの「色好みなる女」の特徴として、「男」が逢いたいと思うもののなかなか逢うことができず、自分一人のところに留まってくれず、他にも逢う男性がいるのではないかと疑いを抱かせる存在であることが挙げられる。鈴木日出男氏は「『いろごのみ』の女たちは、いずれも多感なひととみられている。自ら相手に対して積極的に働きかけるよりも、相手にどれだけ過敏に応ずるか、というところで造型されている(9)」と述べている。

そうした「色好みなりける女」が登場するのが短章段の特徴であるが、他にも短章段には「つれなき人」が五回登場する。

三　「つれなき人」

「つれなき人」「つれなかりける人」は第三十四段・第五十四段・第五十七段・第九十段・第百二十段に登場する。第五十四段の「つれなき女」以外は「女」ではなく「人」である点もよそよそしい様子を強めているようにも思われる。なぜ「つれなき人」と表現されるのか理由を確認していきたい。

第三十四段

むかし、男、つれなかりける人のもとに、

いへばえにいはねば胸にさわがれて心ひとつに歎くころかな

おもなくていへるなるべし。

第五十四段

むかし、男、つれなかりける女にいひやりける。

ゆきやらぬ夢路を頼むたもとには天つ空なる露や置くらむ

第五十七段

むかし、男、人しれぬもの思ひけり。つれなき人のもとに、

恋ひわびぬあまの刈る藻にやどるてふわれから身をもくだきつるかな

第九十段

むかし、つれなき人をいかでと思ひわたりければ、あはれとや思ひけむ、「さらば、あす、ものごしにても」といへりけるを、かぎりなくうれしく、またうたがはしかりければ、おもしろかりけ

る桜につけて、

桜花今日こそかくもにほふともあな頼みがた明日の夜のこと

といふ心ばへもあるべし。

第百二十段

むかし、男、女のまだ世経ずとおぼえたるが、人の御もとにしのびてもの聞えて、のち、ほど経て、

近江なる筑摩の祭とくせなむつれなき人のなべのかず見む

第三十四段では、「男」が身悶える和歌を詠む。「つれなかりける人」に伝わるとも思えないが、「おもなくて」心の内を言ったものだとされる。第五十四段では、「男」が夢の中の通い路で「つれなかりける女」のもとにたどり着けず、涙に濡れることを詠んでいる。つまり、なかなか会えないことを嘆いている。第五十七段は「男」の「人しれぬもの思ひ」の相手が「つれなき人」である。第九十段は「つれなき人」の反応が描かれる。女があはれと思ってようやく物越しに逢ってくれそうになったときに、「男」は嬉しいものの本当に逢ってもらえるのか疑わしく、女の心変わりを不安に思う和歌を詠む。

第百二十段は和歌の中で「つれなき人」と表現している。「男」は世慣れしていない女だと思っていたが、「人の御もと」と逢ってから後、「男」が「つれなき人」が筑摩の祭でいくつ鍋をかぶるのか見てやろうと詠む。「つれなき人」に好色性を揶揄する歌である。

また、短章段以外では次に挙げる第七十五段に「ましてつれなかりければ」という表現がある。

むかし、男、「伊勢の国に率ていきてあらむ」といひければ、女、
　大淀の浜に生ふてふみるからに心はなぎぬ語かたらはねども
といひて、ましてつれなかりければ、男、
　袖ぬれてあまの刈りほすわたつうみのみるをあふにてやまむとやする
女、
　岩間より生ふるみるめしつれなくはしほ干しほ満ちかひもありなむ
また、男、
　なみだにぞぬれつつしぼる世の人のつらき心は袖のしづくか
世にあふことかたき女になむ。

伊勢の国まで行き、一緒に住もうという「男」の提案に、伊勢の大淀の浜に生えているという海松のようにあなたを見ると心が落ち着きました。契りは交わさなくても、と詠み、以前にも増して冷淡で「見る」こと以上の関係を求めない。この女については最後、「世にあふことかたき女」と逢うことが難しい女だったと述べられる。

第四十七段は女側の視点でつれないことが描かれている。「男」からは「いかでと思ふ女」と恋の成

就を願う相手だが、女は「男」のことを「あだなり」、つまり浮気者だと聞いていたので、「つれなさのみまさりつつ」と女の気持ちは冷淡さを増すばかりだと説明されている。

「つれなき人」も「色好みなる女」同様、逢うことが難しい相手である。「色好みなる女」と異なる点は「色好みなる女」には他にも別の男性の影があり、自分一人のところに留まってくれないという意味でなかなか逢えないのに対し、「つれなき人」は女が「男」に対して冷淡であり、逢うことを承諾しない点にある。

第百二十段の女は他にも男がいるということから「色好みなる女」と近似する要素があるが、「男」が「女のまだ世経ずとおぼえたる」というように、世慣れしていないという印象が強いのか「色好み」とは表現されない。また、「色好みなる女」が相手に過敏に反応するのに対し、「つれなき女」は「男」の和歌に反応がないといえる。

このように短章段には「色好みなる女」と「つれなき人」を代表に逢えない女がよく描かれている。逢えない関係を嘆く恋の歌は珍しいものではないが、『伊勢物語』において「逢えない女」は二条の后や斎宮という禁忌の恋の相手を彷彿とさせる要素であろう。その中でも斎宮章段について次節で確認したい。

四　斎宮章段の構成

第一章や第二章で見たように、二条の后との恋は女の家族が障害となり逢えないものであり、后となったことで「得られなかった女」として印象づけられる。また、二条の后章段の後から始まる東下り章段・東国章段においては、この二条の后との悲恋をきっかけに男が京を離れ、東へ向かうことになったように思わせる配列されている。第二章では、第十三段で男が手紙を書く「京なる女」は二条の后が想起され、「高貴な女」「京の女」という二条の后の重要な要素を確認した。

斎宮章段においてはどうだろうか。斎宮と男の恋の話となっているのは第六十九段のみである。「かの伊勢の斎宮なりける人の親、『つねの使よりは、この人よくいたはれ』といひやれりければ」とあり、段末にも「斎宮は水の尾の御時、文徳天皇の御女、惟喬の親王の妹」とあるように、男は惟喬親王に親しく仕える仲であり、斎宮章段は惟喬親王章段へと関連を持つ。女は男の「あはむ」という誘いに「いとあはじとも思へらず」と思うものの、「人目しげければ、えあはぬにかへりにけり」と「夢かうつつか寝てかさめてか」の逢瀬であり、その後は男が伊勢の国の国守兼斎宮寮長官に招かれ「男も人しれず血の涙を流せど、えあはず」と逢うことができない。

また、第七十段から第七十五段までは、斎宮との恋ではなく斎宮からずらした女との話になっている。第七十段は「斎の宮のわらはべ」、第六十九段で斎宮が男の元を訪れた時に同伴していた「小さき童」かと思われ、「みるめ刈るかたやいづこぞ棹さしてわれに教へよあまのつり船」と斎宮の居場所を尋ねる和歌を詠む。これは第九段で「名にし負はばいざ言問はむみやこどりわが思ふ人はありやなしやと」と都鳥に問いかける構図にも通じるだろう。

第七十一段は「かの宮に、すきごといひける女」である。斎宮に仕える女で「すきごと」つまり色めいた言葉をかけてきた。「わたくしごとにて」とは斎宮のことではなく、「すきごといひける女」のこととして、男への逢いたさに神の禁忌をも犯しそうであることを女が詠むと、男は神がいさめる道ではない、つまり、障害ではないと自分の元へ誘う言葉を返している。神のいさめという点では、二条の后章段と東下り章段のパロディのような構成となっている第六十五段で「陰陽師、神巫よびて、恋せじといふ祓へ」をする男が描かれる。「恋せじとみたらし河にせしみそぎ神はうけずもなりにけるかな」と恋しさが一層募ってしまい、効かなかったことから、恋は神のいさめるものではないと悟ったようでもある。

第七十二段では、斎宮という言葉はないが、「伊勢の国なりける女、またえあはで、隣の国へいくとて、いみじう恨みければ」とあり、第六十九段後半での「明けば尾張の国へたちなむとすれば、男も人しれず血の涙をながせど、えあはず」という状況と、斎宮が「かちひとの渡れど濡れぬえにしあれば」と浅い縁を恨む上の句を書き付けてきたことを想起させる。第七十三段も「そこにはありと聞けど、消息をだにいふべくもあらぬ女」は第六十九段での「わが人をやるべきにしあらねば」や、あるいは二条の后章段の第四段「あり所は聞けど、人のいき通ふべき所にもあらざりければ」の状況にも似ている。鈴木日出男氏は「この章段も二条后関係の話とする読み方もある。しかし、物語の配列順序からしても、やはり斎宮関係の話と解されるべきであろう(10)」と述べている。

また第七十四段は斎宮とも伊勢ともいわれないが、男が詠む和歌によって、何も障害もないのに逢えない日が多く女を恨んでいることが分かる。これも第七十三段と同様に配列によって斎宮関係を思わせる段である。何も障害がないのに逢えないとは第七十一段の神さえも障害としない状態に似ており、障害があるわけでもないのに逢えない女は「つれなき女」の面影もあるといえるだろう。第七十五段は「伊勢の国に率ていきてあらむ」と伊勢へと誘う男とつれない態度を示す女である。斎宮からはかなり離れたが、伊勢へ行って住もうという男の言葉には再び斎宮との恋の舞台へという意思があるものの、女はそれを断る。

ここまでが第六十九段の伊勢の斎宮との恋というスキャンダラスな一件を斜めにずらしながら、「世にあふことかたき女」であり、つれない態度の女へと移行した斎宮章段である。斎宮というこの物語にとって重要な人物であり、男にとっても二条の后と並び忘れ得ぬ存在である女性を第七十〜七十五段でずらしながら不特定なある女へと移行させているのだ。

続く第七十六段には二条の后が「春宮の御息所と申しける時、氏神にまうでたまひける」と大原野神社参詣が舞台となり、「近衛府にさぶらひけるおきな」という翁となった「男」が登場し、過去の恋に思いを馳せるような和歌を奉る。

二条の后と斎宮、この女性との恋は『伊勢物語』の中で印象深く男にとっても忘れられない相手である。短章段で現れる「色好みなる女」や「つれなき人」には二条の后と斎宮という二人の女性像が投影されているのではないか。

五　「色好みなる女」「つれなき人」、二条の后と斎宮

「色好みなる女」は男にとって自分の元に留めておくことが難しい女であり、他にも男性がいる女である。二条の后はその身を別の場所に移され、家族から会うことを阻まれ、盗み出しても兄たちに取り返されて清和天皇の后になった。他にも男性がいるという状況は天皇の后になったことを暗示しているだろう。(11)

「色好みなる女」が登場する段が物語の前半、短章段でいうと①第二十五〜三十七段のグループに多く現れ、第二十六段の「五条わたりなりける女を、え得ずになりにけること」は二条の后を想起させる表現であり、第二十九段も「春宮の女御の御方」と二条の后が登場している。

一方、「つれなき人」は男に冷淡な態度を示し、逢うことに障害となるものは女の心のみとして描かれている。二条の后章段が繰り返し何度も語られたことに対し、斎宮との恋は第六十九段でしか語られない。第六十九段では、二人が逢えない理由として人目を憚るものであること、「男」が酒宴に招かれ翌日尾張へ旅立つことが理由となっているが、斎宮が「かち人の渡れど濡れぬえにしあれば」と浅い縁であったことを伝え、一夜だけの逢瀬で終わってしまったことになっている。その後の第七十〜七十五段の斎宮からずらされた女性たちが、最終的に第七十五段のようなつれない態度で「男」と伊勢へ行くことを拒む女性像に到達することに表れているだろう。

このように、二条の后には「色好みなる女」、斎宮には「つれなき人」の要素が確認できるが、長谷川政春氏は斎宮章段に「好色女」への展開を指摘している。

伊勢斎宮章段群には、女から先に男へ歌を送る形が特色としてあり、それは六九段によって決定づけられていたわけである。また女の方から「男」を訪れる形と絡んでのことだった。この女の方から男を訪れ、先に男へ歌を送る形を拡大解釈し発展させたのが七一段の「好きごと言ひける女」の形象化である、と私は理解する。つまり「好色女」への展開である。(12)

第七十三段に二条の后章段に似た展開が指摘されているように、第百二十段の「つれなき人」に「色好みなりける女」の要素がある。このように、両者は明確に分離していない。「色好みなる女」と「つれなき人」は一見相反する特徴の女性に見えるが、二条の后と斎宮という二人の会いたくても会えない女性を核として展開している。

おわりに

章段配列に目を向けて見ると、二条の后章段が東下り章段・東国章段に連続する配列になっているように、斎宮章段は血縁関係から惟喬親王章段と繋がっている。惟喬親王章段には紀有常が男と「友だち」として登場する章段が附属する。上野理氏は恋愛の要素がない段を例外として除外しているが、(13)むしろ、二条の后章段・斎宮章段に附属する東下り・東国章段、惟喬親王・紀有常章段の要素を含むものとして読み直されるべきである。

つまり、短章段は『伊勢物語』の大きな存在である二条の后章段、東下り・東国章段と斎宮章段、惟喬親王・紀有常章段に関わる要素を含み、物語を重層的にしていると考えられる。

『伊勢物語』の短章段の話の女たちはほとんどが誰とは特定できない無名の女たちである。その無名の女たちに付け加えられた表現は二条の后や斎宮、あるいは両者を連想させる。あの有名な恋の相手の女のその後に思いを馳せる読み方ができる。一人の男が様々な女と恋をしているようであって、実は二条の后や斎宮の面影を求めているように、有名章段を重層化するのが短章段の意義といえる。

注

(1)上野理「伊勢物語の掌編と和歌」(森本元子編『和歌文学新論』明治書院、一九八二年)。
(2)松田喜好『伊勢物語攷　第二』(笠間書院、一九九四年)。
(3)松田喜好『伊勢物語攷　第二』「伊勢物語の形態攷」と「伊勢物語の「和歌」攷」の章。
(4)上野英二「狩と恋―伊勢物語ノート」(「成城国文学」第16号、二〇〇〇年三月)。
(5)注(1)に同じ。
(6)注(4)に同じ。
(7)菊地靖彦「たゆたう「をとこ」の物語(一)―『伊勢物語』第二五段から第三七段についての論―」(『米沢国語国文』第十八号、一九九〇年十二月)。

(8)渡邊淳子「『伊勢物語』の表現法と虚構について」(『文学・語学』第95号、一九八二年十一月)。
(9)鈴木日出男「いろごのみと和歌」(『和歌と物語(和歌文学論集3)』風間書房、一九九三年)。
(10)鈴木日出男『伊勢物語評解』(筑摩書房、二〇一三年)。
(11)他にも男性がいる女という点では、第九十五段の二条の后に仕える男女の話に触れておきたい。「男」の詠む歌「ひこ星に恋はまさりぬ天の河へだつる関をいまはやめてよ」では、ものごしにあうことを天の河のへだてとし、女を織姫になぞらえる一方で、自身をひこ星ではなくそれ以上の恋を抱く男だとして訴える。他に男がいる女性であることを暗示し、ここでも「二条の后に仕うまつる」男と女の話の中で二条の后の縮小再生産している。
(12)長谷川政春「求心性・変成・歌物語—伊勢物語の方法と構造—」(『物語史の風景—伊勢物語・源氏物語とその展開—』若草書房、一九九七年)。
(13)注(1)に同じ。

補論　『伊勢物語』と業平伝説

はじめに

『伊勢物語』の主人公「男」は、本文に明示されないものの、在原業平を指しているとして、『源氏物語』をはじめとする多くの物語で読まれてきた。現代の注釈書でも、学校教育の場でも、業平を想定しながら読むことを前提としている。『伊勢物語』から業平という固有のイメージを消し去って読むことは困難であり、業平を想定した解釈によって、『伊勢物語』は今日まで読み継がれてきたともいえるだろう。

在原業平については、『日本三代実録』の卒伝や『古今和歌集』収載の和歌以外に人物像に近づけるものは少なく、各地に残る在原業平の「伝説」は『伊勢物語』を元にしており、その間には註釈書の解釈や、謡曲作品が影響しているものが多い。また、在原業平の伝説については、小野小町伝説のように体系的に論じられてはおらず、未だ整理されていない状態である。

本研究では、全国に伝わる在原業平ゆかりの地とその伝説・伝承の中でも、特に愛知県内における業平伝説を調査し、『伊勢物語』から業平伝説が生まれ、土地に根差していく過程を確認する。物語享受の方法としての「伝説」を明らかにする意義があると考えられ、業平伝説研究の一端を担うものである。

一　業平伝説研究の現在――〈東下り〉関係――

「業平寺」と呼ばれる京都の十輪寺、奈良の不退寺は比較的よく知られているが、「東下り」の折に訪れたと思われる各地にも伝承や伝説は残されている。また、「業平の墓」「業平塚」「業平橋」と呼ばれるものや、「業平」の名の付けられた地名も少なくない。

業平ゆかりの地として業平伝説を有する地は大別すると、東下り関連（A）と高安周辺（B）に多い。ここでは東下り関係の業平伝説から見ていく。長くなるが、まず『伊勢物語』本文で東下り関係の地を確認しておく。

『伊勢物語』東下り・東国章段

第七段

むかし、男ありけり。京にありわびて[あづま]にいきけるに、[伊勢]、[尾張]のあはひの海づらをゆくに、浪のいと白くたつを見て、

いとどしく過ぎゆく方の恋しきにうらやましくもかへる浪かな

となむよめりける。

第八段

むかし、男ありけり。京やすみ憂かりけむ、あづまの方にゆきて、すみ所もとむとて、友とする人、ひとりふたりしてゆきけり。信濃の国、浅間の嶽に煙の立つを見て、

信濃なるあさまのたけに立つけぶりをちこち人の見やはとがめぬ

第九段

むかし、男ありけり。その男、身をえうなきものに思ひなして、京にはあらじ、あづまの方にすむべき国もとめにとてゆきけり。もとより友とする人、ひとりふたりしていきけり。道しれる人もなくて、まどひいきけり。三河の国八橋といふ所にいたりぬ。そこを八橋といひけるは、水ゆく河のくもでなれば、橋を八つわたせるによりてなむ、八橋といひける。その沢のほとりの木のかげにおりゐて、かれいひ食ひけり。その沢にかきつばたいとおもしろく咲きたり。それを見て、ある人のいはく、「かきつばた、といふ五文字を句のかみにすゑて、旅の心をよめ」といひければ、よめる。

から衣きつつなれにしつましあればはるばるきぬる旅をしぞ思ふ

とよめりければ、みな人、かれいひの上に涙おとしてほとびにけり。

ゆきゆきて駿河の国にいたりぬ。宇津の山にいたりて、わが入らむとする道はいと暗う細きに、蔦かへでは茂り、もの心細く、すずろなるめを見ることと思ふに、修行者あひたり。「かかる道は、いかでかいまする」といふを見れば、見し人なりけり。京に、その人の御もとにとて、文かきてつく。

駿河なるうつの山辺のうつつにも夢にも人にもあはぬなりけり

富士の山を見れば、五月のつごもりに、雪いと白うふれり。

時しらぬ山は富士の嶺いつとてか鹿子まだらに雪のふるらむ

その山は、ここにたとへば、比叡の山を二十ばかり重ねあげたらむほどして、なりは塩尻のやうになむありける。

なほゆきゆきて、武蔵の国と下つ総の国のなかにいと大きなる河ありけり。それをすみだ河といふ。その河のほとりにむれゐて、思ひやれば、かぎりなく遠くも来にけるかな、とわびあへるに、渡守、「はや船に乗れ、日も暮れぬ」といふに、乗りて渡らむとするに、みな人ものわびしくて、京に思ふ人なきにしもあらず。さるをりしも、白き鳥の、はしとあしと赤き、鴫の大きさなる、水の上に遊びつつ魚を食ふ。京には見えぬ鳥なれば、みな人見しらず。渡守に問ひければ、「これなむ都鳥」といふを聞きて、

名にしおはばいざ言問はむみやこどりわが思ふ人はありやなしやと

とよめりければ、船こぞりて泣きにけり。

第十段

むかし、男、武蔵の国までまどひ歩きけり。さてその国にある女をよばひけり。父はこと人にあはせむといひけるを、母なむあてなる人に心つけたりける。父はなほ人にて、母なむ藤原なりける。さてなむあてなる人にと思ひける。このむこがねによみておこせたりける。すむ所なむ入間の郡、

みよしのの里なりける。

みよしののたのむの雁もひたぶるに君が方にぞよると鳴くなる

むこがね、返し、

わが方によると鳴くなるみよしののたのむの雁をいつか忘れむ

となむ。人の国にても、なほかかることなむやまざりける。

第十一段

むかし、男、あづまへゆきけるに、友だちどもに、道よりいひおこせける。

忘るなよほどは雲居になりぬとも空ゆく月のめぐりあふまで

第十二段

むかし、男ありけり。人のむすめを盗みて、武蔵野へ率てゆくほどに、ぬすびとなりければ、国の守にからめられにけり。女をば草むらのなかに置きて、逃げにけり。道来る人、「この野はぬすびとあなり」とて、火つけむとす。女、わびて、

武蔵野は今日はな焼きそ若草のつまもこもれりわれもこもれり

とよみけるを聞きて、女をばとりて、ともに率ていにけり。

第十三段

むかし、武蔵なる男、京なる女のもとに、「聞ゆれば恥づかし、聞えねば苦し」と書きて、うはがきに、「むさしあぶみ」と書きてをこせてのち、音もせずなりにければ、京より女、

武蔵鐙さすがにかけて頼むには問はぬもつらし問ふもうるさし

とあるを見てなむ、たへがたき心地しける。

問へばいふ問はねば恨む武蔵鐙かかるをりにや人は死ぬらむ

第十四段

むかし、男、陸奥の国にすずろにゆきいたりにけり。そこなる女、京の人はめづらかにやおぼえけむ、せちに思へる心なむありける。さてかの女、

なかなかに恋に死なずは桑子にぞなるべかりける玉の緒ばかり

歌さへぞひなびたりける。さすがにあはれとや思ひけむ、いきて寝にけり。夜ぶかくいでにければ、女、

夜も明けばきつにはめなでくたかけのまだきに鳴きてせなをやりつる

といへるに、男、京へなんまかるとて、

栗原のあねはの松の人ならばみやこのつとにいざといはましを

といへりければ、よろこぼひて、「思ひけらし」とぞいひをりける。

第十五段

むかし、陸奥の国にて、なでふことなき人の妻に通ひけるに、あやしう、さやうにてあるべき女ともあらず見えければ、

しのぶ山しのびてかよふ道もがな人の心のおくも見るべく

女、かぎりなくめでたしと思へど、さるさがなきえびす心を見ては、いかがはせむは。

東下り関連の地も『伊勢物語』第七〜九段までの「東下り」で通過した地域と第十段、第十二〜十三段の武蔵野の地域周辺にある。途中に、「友だちども」に東から文を送る第十一段と武蔵から「京なる女」に文を送る第十三段という東から都へ文を送る段を挟む。陸奥が舞台となる第十四段と第十五段は第百十五段や第百十六段の陸奥へ昔男が行ったという話と併せて、八十島で小野小町の遺骸を見つけ葬る伝説へ繋がっているだろう。(1)

A　東下り章段関係

① 東京都東久留米市南沢（多聞寺）笠懸の松／埼玉県新座市（平林寺）野火止

業平は藤原氏の姫君・花鳥と音信を通じ、前後して東下りをする。京からの追手から逃げる途中、花鳥は捕えられて京に連れ戻されるが、業平は防火水路によって北国に逃げることができた。

② 埼玉県朝霞市膝折／埼玉県志木市柏町（長勝院）／埼玉県春日部市（業平橋）

業平の馬が膝を折って死んだ場所とする。ここから、後追手の火を避けて新座片山郷に遁走した先で、田の面の長者である郡司長勝の元に逗留する。長勝は自慢の美しい娘・皐（皐月の前）に食事の接待や身の回りの世話を勤めさせ、業平と娘は秘かに愛し合うようになる。父である長勝からは認められず、二人で逃げるが、途中で草原に火を放たれる。皐の「武蔵野は今日はな焼きそ若草のつまもこもれりわれもこもれり」の和歌によって許され、（火が和歌に感応して止まったとも）業平は婿になる。しかし、二人で陸奥に渡ろうとし、娘は千住の岬で家来に見つかってしまい、約束した春日部には来なかった。業平も家来に見つかり、その後は長者の家で幸せに暮らした。現在の春日部にある「業平橋」は業平が待っていた場所という。（娘を待っている間に都鳥の歌を詠んだとも。）また、この地で亡くなった業平の塚が平林寺にあるという。

『伊勢物語』第十二段を基にしているが、皐（皐月の前・五月の前とも）という呼び名といい、食事の接待というきっかけは『伊勢物語』第六十段「さつき待つ花たちばなの香をかげばむかしの人の袖の香ぞする」の影響がうかがえる。また、平清盛が皐を妾にと申し出て、長勝が断ると攻め込み長勝と業平が討死したという歴史的に業平と清盛の時代が合わず有り得ない話まである。

③　埼玉県春日部市（春日部八幡神社）

業平が都鳥の歌を詠んだ古隅田川の場所として都鳥の碑を残す。古くは武蔵と下総の国境であり、陸奥との往来に春日部の駅があった。社奥殿の下付近に渡船場があり、現在は川筋も変わり小川となったが、昔は「隅田川」という大川であったと伝わる。

業平は陸奥からの帰りに行きに見た都鳥が恋しくなり、春日部宿に寄った。急に天候が変わり、雷鳴と豪雨に襲われた業平の乗った小舟は波にのまれてしまう。土地の人々が嘆き業平を葬り舟形の塚を作り丁重に弔った。塚は現存しないが、古隅田川に架かる「業平橋」に業平の名を残している。

『伊勢物語』第九段の隅田川の場面を基にしているが、場所と天候による趣が異なっている。雷雨と

豪雨という展開は『伊勢物語』第六段の「神さへいといみじう鳴り、雨もいたう降りければ」を彷彿とする。(2)

④　埼玉県富士見市（姥塚）

陸奥から業平を忘れられず、追ってきた女が入間郡水谷で倒れ、「あと慕い武蔵野までは来たれども今ぞ露と消ぬるめる」と詠んで亡くなったのを嘆き、業平は「玉の緒の桑子はあはれ武蔵野の露と消ぬる恋ぞかなしき」と詠み女を手厚く葬る。女は四十を越えたほどの姥だったため、「姥塚」と呼び里人が長く弔ったというが現存しない。

『伊勢物語』第十四段の後日談と考えられる話である。和歌の「露と消ぬる」という表現には第六段の和歌の影響がみられ、若くない女が追ってくる展開には第六十三段のつくも髪の女のイメージも重ねられているだろう。

⑤　東京都西東京市（旧保谷市）

里人が集まり、九月十六日に行う伊勢踊を楽しんでいると、きさきを連れ立った業平が現れる。一緒に歌や食事を楽しんだ後、保谷村神明宮社で一泊して旅立っていった。

④・⑤は前掲「武蔵野中部に連なる業平の伝説」により、鈴木亨氏は「きさき」と呼ばれていることから、『伊勢物語』第十段の「たのむの雁」の女、①の話に登場した花鳥が連れ戻されなかったバージョンとして想定する。

⑥　東京都葛飾区（業平山南蔵院）

「南蔵院のはじまり」（業平山南蔵院のリーフレット）によると、業平が隅田川で舟遊びをした時に、舟が転覆し多くの人が亡くなる事故が起きた。業平はその人々を弔い、像を刻み村の人に与え、法華経を写経して塚に埋める。これを「業平塚」と呼ばれ、その傍らに創建されたのが業平山南蔵院であるという。

対岸に業平塚があるところを「業平渡」、業平塚があるところに架けられた橋を「業平橋」、業平橋がある地名を「業平」と呼ぶようになったらしいが、業平塚は現存しない。(3)また、天台宗南蔵院の境内に業平天神社があったが、昭和元年に同寺が葛飾区に移転した際に廃社となった。(4)現在、南蔵院は全く業平とは関係のない地元の伝承による縄に縛られた「縛られ地蔵」を祀っている。

これも『伊勢物語』第九段の隅田川の場面を基にしており、③と同様に舟の不幸な事故が起きているが、業平は生き延びている。

⑦　東京都荒川区南千住（石浜神社）

境内に文化二年（一八〇五）に建立された都鳥の歌碑がある。都鳥歌ゆかりの地としては墨田区浅草の「業平橋」「言問橋」が有名だが、この白浜神社近くに白髭橋があり、荒川区教育員会の看板によると、渡しの位置は何度か移動しておりはっきりしないが、『江戸名所図会』では業平が渡った橋としていることを紹介している。

⑧　東京都新宿区（新宿諏訪神社　想いの社・恋の社）

業平が妻とともに東国に下った際に、迷って離れ離れになってしまった。お互いのことを思い、一夜を大木の下で過ごし再会を祈ると、諏訪の森で会うことができた。そのため、「想いの社」「恋の社」と言われているという。業平が夫婦で東下りしたという珍しい形である。

⑨ 東京都新宿区（面影橋）

面影橋（俤橋・姿見の橋）という名前の由来の一つに、業平が鏡のような水面に姿を映したためという説がある。

⑩ 東京都豊島区（高田氷川神社）

業平が繁く参拝したと伝わり、末社岩本神社では業平を祭神としている。

二　業平伝説研究の現在――高安関係――

東の東下り関係に対し、西は『伊勢物語』第二十三段を基にした高安関係の伝説が多い。第二十三段は以下の通りである。

むかし、ゐなかわたらひしける人の子ども、井のもとにいでて遊びけるを、おとなになりにければ、男も女もはぢかはしてありけれど、男はこの女をこそ得めと思ふ、女はこの男をと思ひつつ、親のあはすれども、聞かでなむありける。さて、このとなりの男のもとより、かくなむ、

筒井つの井筒にかけしまろがたけ過ぎにけらしな妹見ざるまに

女、返し、

くらべこしふりわけ髪も肩すぎぬ君ならずしてたれかあぐべき

などいひいひて、つひに本意のごとくあひにけり。

さて年ごろふるほどに、女、親なく、頼りなくなるままに、もろともにいふかひなくてあらむやはとて、河内の国、高安の郡に、いき通ふ所いできにけり。さりけれど、このもとの女、あしと思へるけしきもなくて、いだしやりければ、男、こと心ありてかかるにやあらむと思ひうたがひて、前栽のなかにかくれゐて、河内へいぬるかほにて見れば、この女、いとよう化粧じて、うちながめて、

風吹けば沖つしら浪たつた山夜半にや君がひとりこゆらむ

とよみけるを聞きて、かぎりなくかなしと思ひて、河内へもいかずなりにけり。

まれまれかの高安に来て見れば、はじめこそ心にくもつくりけれ、今はうちとけて、手づから飯匙とりて、けこのうつはものにもりけるを見て、心憂がりて、いかずなりにけり。さりければ、かの女、大和の方を見やりて、

君があたり見つつを居らむ生駒山雲なかくしそ雨はふるとも

といひて見いだすに、からうじて、大和人、「来む」といへり。よろこびて待つに、たびたび過ぎぬれば、

君来むといひし夜ごとに過ぎぬれば頼まぬものの恋ひつつぞ経る

といひけれど、男、すまずなりにけり。

この段から派生したと考えられる伝承として以下の話がある。

B　高安関係

⑪　奈良県天理市櫟の本町（石上在原山本光明寺・在原神社）

明治の廃仏毀釈によって寺はなくなり、現在は境内の在原神社本殿のみとなっている。業平の住んだ跡として謡曲「井筒」にも登場し、井筒にちなんだ井戸がある。謡曲「井筒」の『伊勢物語』と古註釈の関係については、山本登朗氏「謡曲「井筒」の背景―櫟本の業平伝説」(5)に詳しい。

⑫　大阪府八尾市　十三峠（業平道）

奈良県生駒郡平群町に伝わる業平道は、在原寺（在原神社）から、奈良盆地を西に越えて、業平が八尾に住む女性のもとに通ったといわれる。斑鳩町には自然石を組み合わせた岩井があり「業平姿見の井」と呼ばれている。これは、業平が女の元に通う際に姿見に使ったとも、女の無作法さに愛想を尽かして逃げてきた業平を追いかけた女が、業平の姿の映った井戸を見て飛び込んだとも伝説がある。(6)

また、大阪府柏原市（業平道）にも、業平が高安の女（河内姫）のもとに通うときに通ったとされる業平道が伝わっているが、河内の国大県郡を通る柏原市も観光マップ「おいでよ業平道」を作成している。十三峠という地名は江戸期に確立されたと考えられるが、河内と大和を行き来する竜田道として鎌

倉時代以降文献にみられる。(7)

⑬　大阪府八尾市（神立茶屋辻・玉祖神社）

業平が大和の竜田から十三峠を越えて、玉祖神社へ参詣の道中で福屋という茶屋の娘　梅野をみそめ、その後しばしば通って来るようになった。会いにくる時はいつも近くの松の木から笛を吹き、梅野に合図をしていたが、ある日笛で合図をせずに来てみると、東窓が開いていた。中をのぞくと、梅野が自分で飯をよそって食べているのを見て、業平は興ざめして帰ってしまう。気づいた娘は後を追うが業平は去った後で、娘は悲しみ身を投げてしまった。そのため、高安の里では、今でも東窓を嫌い、これを開けると娘の縁が遠くなるという言い伝えがある。高安地域で東窓を忌むのは、山から吹き下ろす風を避けるためという地形の問題があるが、今瀬米造氏「なりひら河内通いの伝説」(8)など、高安に残る伝説である。

また、業平が合図に使っていた一節切の笛は玉祖神社に置かれ、現在は八尾市立歴史民俗資料館に保管されているというが常設展示ではない。業平が会いに来て笛を吹くという部分は『伊勢物語』第六十五段の「この男、人の国より夜ごとに来つつ、笛をいとおもしろく吹きて、声はをかしうてぞ、あはれにうたひける。」の影響が考えられる。

『伊勢物語』第二十三段の高安の女の話であるが、茶屋の娘という時代と合わない設定になっている。また、最後に業平を追い、会えずに身を投げるという展開には第二十四段の影響もみられるだろう。この話は「なりひらの恋―高安の女」という演劇にもなり、平成二十年二月に上演された。

この他にも東下りと高安関係以外の業平ゆかりの地とされている場所がある。

⑭　奈良県奈良市（不退寺）

業平の祖父にあたる平城天皇が譲位後に平城京の北東に移り、萱野御所と呼ばれた場所。「業平寺」とも呼ばれ、業平自作と言われる聖観音像がある。毎年五月二十八日に業平忌の法要を行っている。

⑮　京都府京都市右京区大原野（十輪寺）

本堂の後ろの丘の上に業平塚があり、業平閑居の地と伝えられる。

⑯　京都府京都市西京区大原野（入野神社）

三つの五輪石塔があり、中央が業平の母伊都内親王、右が業平の父阿保親王、左が業平の墓とされている。

また、「業平の墓」とされるものはこの他に、滋賀県高島市マキノ町在原、京都市左京区吉田山[9]、奈良県吉野郡天川村、熊本県山鹿市南島内曲などが確認できる[10]。

東の東下り関係伝説と西の高安関係伝説に分けて紹介したが、真中に位置する愛知県にも業平伝説がある。都を中心に見れば、『伊勢物語』の時代としては東に分類される尾張と三河だが、伝わる内容には西の高安関係との共通点もみられる。

三　愛知県知立市における業平伝説

⑰　愛知県知立市（八橋）

「八橋」は『古今和歌集』巻第九（羈旅歌）四一〇番歌『伊勢物語』第九段で「かきつばた」の折句が詠まれた地とされている。無量寿寺は寺伝によると慶雲元年（七〇四）の創立、現在のような杜若庭園は、文化九年（一八一二）方巖（売茶）和尚による再建時に作られたとされる。

また、業平訪問以前に「八橋」の地名の由来となった親子の伝説がある。（鉄山）三井博氏によると、(11)昔は野路の宿と呼ばれていた頃に、羽田玄喜という名の医者がいたが、病で亡くなってしまう。妻は残された二人の児を養うために山や浦に出かけるが、ある時子供が浦で深みにはまり二人とも亡くなってしまう。嘆き悲しんだ母は尼になり無量寿寺で子供らの菩提を弔いながら、本尊の観世音菩薩に橋さえあれば子供たちは助かったことを祈念していると、夢に観世音菩薩が現れ願いを叶えると告げる。翌朝、浦に行くと上流から木材が流れてきており、それを使って八つの橋を架けたというものである。

「水ゆく河のくもでなれば、橋を八つわたせる」と『伊勢物語』第九段で説明される八橋はいわば「公式」の業平伝説の地であるが、第九段にはない話が伝わっている。

それは、都から女が業平を追って来たものの、八橋に着いた時に既に業平が去っていたと知り、悲嘆のあまり逢妻川に入水したという伝説である。この女は通称「杜若姫」（小野篁の娘とされる）とされ、彼女を弔った供養塔が無量寿寺本堂の裏にある。

また、無量寿寺の近くには、業平の死後奈良の在原寺から分骨し、建てられたという在原寺や、業平供養塔などもある。この供養塔にたまった水をつけるとイボに効くという業平とは全く関係のない言い伝えも付随し、地元に根差した一面を持っている。

約六十年前からかきつばたが見ごろの時期に開催されている「かきつばた祭り」や「杜若姫」を題材にした演劇も第四弾が上演され（まちおこし演劇『愛・かきつばた姫』二〇一四年九月）、市外からも多くの人が訪れており、まちおこしの一環として業平伝説が活かされている。

⑱ 愛知県東海市富田（業平供養塔）

東海市は『伊勢物語』に登場する場面の舞台ではないが、業平関連の伝説がある。[12]

業平は東へ下る際に京都から伊勢まで行き、船で海を渡り、愛知県の知多の浜を入り江に沿って進み富田へたどり着くと、清水の湧き出る井戸のところで、女たちが追ってこないことを平穏さに安心しながら休む。しかし、船から降りてくる中に自分を慕って追ってきた女官あやめの姿を見つけ、そばの椎の木の上に隠れる。あやめは井戸の水面に映った業平を見つけ、業平会いたさに井戸に飛び込み亡くなってしまう。業平は自分を慕ってくれたあやめの供養のために、この地にとどまり亡くなったというものである。

村人たちは業平を弔い、供養塔を建てた。子供ができると業平のような美男子になるように祈り、また、五輪塔の頭部にわら縄を縛って祈ると頭痛が収まるという言い伝えもある。

⑲ 愛知県東海市富木島町（貴船）

業平が伊勢の海を渡ってこの地についたときに、村人たちが都から高貴な方がいらっしゃると大勢出迎え、業平が船を寄せたところだから「寄船」という地名にし、のちに京都と同じ「貴船」に改め、業平がよく参拝した鞍馬の貴船神社から分祀した貴船神社を作った。業平はこの地での生活を楽しみ、亡くなった後も村人が業平塚を建てて弔っているという。

⑳　愛知県東海市加木屋町（美女ヶ脇）

業平が東下りの途中に、美しい女官を連れて加木屋町を通りかかったとき、女官は足を痛め、休むことになった。熱心な看病と村人のもてなしで回復するが、女はここで暮らすことを決意し、業平のみが旅立つことになった。女が住んだところを「美女ヶ脇」と呼び、女が亡くなると塚を建てて弔い、塚は形にちなみ、「業平烏帽子塚」と呼んだが、現存しない。

㉑　愛知県豊明市沓掛

豊明市に伝わる話は、池田誠一氏によると、道中の安全を願い、街道の峠の入り口で沓を掛ける「沓掛」という風習を業平が面白く思い、この地の名前になったというものである。(13) また、川島神社には業平の歌碑「あひ見ては心ひとつをかはしまの水の流れて絶えじとぞ思ふ」があり、この歌がこの地で詠まれたと伝わる。

この和歌が詠まれる『伊勢物語』第二十二段は以下の通りである。

むかし、はかなくて絶えにける仲、なおや忘れざりけむ、女のもとより、
憂きながら人をばえしも忘れねばかつ恨みつつなほぞ恋しき
といへりければ、「さればよ」といひて、男、

あひ見ては心ひとつをかはしまの水の流れて絶えじとぞ思ふ

とはいひけれど、その夜いにけり。いにしへ、ゆくさきのことどもなどいひて、

秋の夜の千夜を一夜になずらへて八千夜し寝ばやあく時のあらむ

返し、

秋の夜の千夜を一夜になせりともことば残りてとりや鳴きなむ

いにしへよりもあはれにてなむ通ひける。

榊原邦彦氏は、「沓掛村の業平伝説に触発されてのことで、一度発生した伝説が輪を広げて波及して行くことを示すものであろう」(14)と述べている。

これらは他の業平伝説と同じく、『伊勢物語』を基盤にしつつ、『伊勢物語』には描かれていない伝説説話の類の話が付随している。歌枕とは多少異なり、物語作品あるいは有名人ゆかりの地として、より多くの人々に興味を持たせるためであっただろう。⑰や⑱の業平の塚が身近な疾患に効くという力が付け加わっているのもその表れであり、これは『伊勢物語』の説話化ともいえ、歌物語から説話文学作品への流れを垣間見ることができるように考えられる。

また⑰の「かきつばた」と⑱の「あやめ」という女の呼び名もよく似た花の名である。八橋という『古今和歌集』業平歌と『伊勢物語』で舞台となる地へ至るまでの通過地点であったかもしれない可能性の場所で発生した伝説が、⑱~㉑と考えられる。東下りの過程で通過する尾張という位置は、都から

女の足でも追ってくることが可能な距離であり、業平ほどの男であれば女が追ってくるという展開は享受において自然な発想といえる。

話の型としても、⑰で杜若姫が川に入水する点と⑱であやめが井戸に飛び込み亡くなるという点は共通しており、⑱は、女（紀有常の娘）が謡曲「井筒」で業平の冠と直衣を着けた姿を水鏡に映し、自らを業平と見て懐かしいと言う場面が源泉だろう。

⑰と⑱の伝説は相互に影響を受けたように見られる表現がある。まず、⑰の八橋のかきつばたという和歌に詠まれた花の名で呼ばれる杜若姫のパロディとも考えられる⑱のあやめという呼び名である。次に死の場面で、謡曲「井筒」の影響を受けたと思われる⑱のあやめは井戸の水鏡に映った業平を見て飛び込んでいる一方で、⑰の杜若姫は井戸や業平を幻視する要素はないものの、水死という共通点を持っている。

また、㉑の川島神社で業平が詠んだとする和歌は『伊勢物語』第二十二段であり、「井筒」の基ともいえる第二十三段の前段の話である。西から東へという位置関係と『伊勢物語』の章段配列の関わりも興味深い。

おわりに

『伊勢物語』第九段の一場面である愛知県知立市に残る業平伝説と、その知立市の業平伝説に付随して発生したと考えられる東海市の業平伝説を調査した。いずれも業平を都から追ってきた女の悲恋の死が伝えられている。

東海市の場合は、都から海路を使ったならば通過したであろう位置ではあるが、内容は「かきつばた」に似た「あやめ」という名の女性の悲恋という知立市の伝説の明らかなパロディになっており、井戸の中に業平が映るという点には、謡曲『井筒』の影響もみられる。

また、和歌山県那賀郡貴志川町長山の根来村西坂本に、業平が小野小町に九十九日通った伝説がある(15)。業平の妻になることを拒む小町が女中を連れて逃げ出し、業平が追いかけたところ、女中が犠牲となって入水すると業平は小町が入水したと思い後を追い入水してしまう。小町は二人を弔って小野寺という寺を建てたというが、寺は残っていない、というものである。

他の地域では、多く業平は追われる側で、女が業平を追って入水する型だったが、ここでは逆になっている点や深草少将ではなく業平が百夜通いしようとしている点など、さまざまな話や物語との関連が考えられる。

『伊勢物語』をはじめとする「歌物語」に分類される作品に『大和物語』があり、宇多天皇周辺の話が描かれる前半部と伝説・説話が多く続く後半部に分かれている。実在した有名な歌人や無名の人物の話が混在することで、相互に現実にあったかもしれないという雰囲気を醸し出していると考えられ、こうした各地域に残る業平などの有名人が登場する伝説を考察することで、『伊勢物語』や『大和物語』の研究に繋がる道が見えてくると考えられる(16)。

今回の調査で主に愛知県内の二つの業平伝説を調査することによって、他地域への伝説から影響関係があることを垣間見ることができた。全国に残る業平伝説の地を調査し、体系的に考察していく研究の一端として、引き続き調査していきたい。

注

（1）

第百十五段

むかし、陸奥の国にて、男女すみけり。男、「みやこへいなむ」といふ。この女、いとかなしうて、うまのはなむけをだにせむとて、おきのゐて、みやこしまといふ所にて、酒飲ませてよめる。

おきのゐて身を焼くよりも悲しきはみやこしまべの別れなりけり

第百十六段

むかし、男、すずろに陸奥の国までまどひいにけり。京に思ふ人にいひやる。

浪間より見ゆる小島のはまびさし久しくなりぬ君にあひ見で

「何ごとも、みなよくなりにけり」となむいひやりける。

（2）①～③は、石原昭平「業平・小町を歩く―武蔵野における新資料を中心に―」（『国文学　解釈と教材の研究』第二八巻第九号七月号、学燈社、一九八三年）、鈴木亨編著「武蔵野中部に連なる業平の伝説」（人と文化社、一九八七年）による。

（3）『日本歴史地名大系第一三巻　東京都の地名』平凡社、二〇〇二年。
（4）元の所在地である墨田区吾妻橋三丁目六番には南蔵院跡の看板が墨田区教育員会によって建てられている。
（5）山本登朗「謡曲「井筒」の背景―櫟本の業平伝説」（『説話論集　第15集（芸能と説話）』清文堂、二〇〇六年一月）のち、『伊勢物語の生成と展開』（笠間書院、二〇一七年）収載。
（6）『日本歴史地名大系第三〇巻　奈良県の地名』平凡社、一九八一年。
（7）『日本歴史地名大系第二八巻　大阪府の地名』平凡社、一九八六年。
（8）今瀬米造「なりひら河内通いの伝説」（『河内どんこう』43、やお文化協会、一九九四年）。
（9）山本登朗「吉田山の業平塚」（『礫』二〇〇号・二〇〇三年）のち、『伊勢物語の生成と展開』（笠間書院、二〇一七年）収載。
（10）『伊勢物語』第六十段に「宇佐の使」として大分県にある宇佐神宮へ行く話と第六十一段に筑紫（福岡県）が舞台となる話では和歌に「たはれ島」（熊本県にある風流島。他にたばこ島、はだか島とも呼ばれる）が詠まれており、九州も舞台となっているが、東下りほど伝説は残されていないようである。
（11）三井博『文学伝説の里　三河国八橋』八橋旧蹟保存会、一九七一年。
（12）⑱〜⑳は東海市教育委員会編纂『東海市の民話』（ぎょうせい、一九九二年）による。
（13）池田誠一『なごやの鎌倉街道をさがす』風媒社、二〇一二年。
（14）榊原邦彦「尾張の業平伝説」（『郷土研究』14　一九七七年七月）。

(15)渡邊昭五編『日本伝説大系(第9巻南近畿編)』みずうみ書房、一九八四年。

(16)岐阜県には業平の兄行平の伝承を残す場所もある。行平には美濃守などの記録がないため、業平と混同したと考えられる。業平伝説は、『伊勢物語』を基盤にしていることからも、行平や惟喬親王ゆかりの場所も考察の対象に入れて調査する必要がある。

初出一覧

第一章　「『伊勢物語』の都鳥」
（『鳥獣虫魚の文学史　鳥の巻　日本古典の自然観　2』三弥井書店、二〇一一年三月）

第二章　「『伊勢物語』東下りと東国章段―「むさしあぶみ」について」
（『学習院大学大学院　日本語日本文学』第6号、二〇一〇年三月）

第三章　「『伊勢物語』第二十三段「けこ」について」
（『学習院大学大学院　日本語日本文学』第7号、二〇一一年三月）

第四章　「『伊勢物語』における音楽」
（『学習院大学　人文科学論集』19、二〇一〇年十月）

第五章　「『伊勢物語』第四十五段「蛍」」
（『「記憶」の創生―〈物語〉1971－2011』翰林書房、二〇一二年三月）

第六章　「『伊勢物語』における「友」・「友だち」」
（『学習院大学国語国文学会誌』第五十二号、二〇〇九年三月）

第七章　「『伊勢物語』「たかい子」と「多賀幾子」」
（『日本文学』第五八巻第五号、二〇〇九年三月）

第八章　「『伊勢物語』の短章段」
（『古代中世文学論考』第36集、新典社、二〇一八年三月）

補論　「『伊勢物語』と業平伝説：愛知県を中心に」
（『学習院大学人文科学研究所報』2014年度版、二〇一五年三月）

＊書き下ろし以外の各章ともに旧稿に加筆訂正しているが、論旨は変えていない。

あとがき

私が初めて『伊勢物語』に出会ったのは、高校二年生の古典の授業だった。教科書に載っていた段の中でもとりわけ第二十四段に心打たれて、私は授業が終わるとそのまま図書館に向かい、他にはどんな話があるのだろうと本棚で『伊勢物語』を探した。そこで手に取ったのは俵万智さんの『恋する伊勢物語』だった。短歌に現代語訳された和歌も読みやすく、『伊勢物語』は「好きな作品」となった。

大学では日本文学を学びたいと思い、清泉女子大学文学部日本語日本文学科に進学した。恥ずかしながら、当初の志望理由は、推薦で入れる大学で、東京の劇場や美術館に行きやすい場所にあるという不純なものだった。四年間好きな文学を学び、名古屋に戻り、就職して……というぼんやりと将来を想定していた。想定外だったのは、大学の授業がとても面白かったことだ。先生方のお話してくださる「研究」がとても楽しい。講義は新しい発見があり、演習の準備は大変だが楽しく達成感がある。もう少しこの生活を続けたいと思ってしまった。

特に、長谷川政春先生のお話が興味深く、一般的に「すごい」と聞いていた『源氏物語』の文学的価値について知ることができた点は大きかった。しかしながら、私の興味は『源氏物語』ではなく、やはり『伊勢物語』に向かってしまう。この作品に魅かれてしまうのはなぜなのか。『伊勢物語』の「すごい」ところを私も説明できるようになりたい、四年間では足りない……と大学院進学を志すようになった。

ところで、清泉女子大学の図書館には「高橋文庫」という棚がある。卒業論文では『伊勢物語』の二条の后章段を対象にしたのだが、歌物語関係の書籍がこの棚にぎっしりと収められており、参考文献の大半は簡単に手にすることができた。あとから考えてみると、『大和物語』がご専門だった高橋正治先生の所蔵本で勉強できるとは、なんと贅沢な大学生だったのだろう。

卒業論文の出来はともかく、長谷川先生に大学院に進学したい熱意をお伝えすると、専門的に研究したいのなら、外部の大学院へ行きなさいと薦めてくださり、学習院大学大学院へと進学した。合格をご報告した時、長谷川先生は「自分の居場所作りをしなさいね」というお言葉をくださった。新しい環境へ一歩踏み出す時に毎回思い出している。その後も学会や研究会でお会いできるといろいろお話させていただくのだが、長谷川先生はいつもさりげなく、その時の私に合った名言をくださる。いつまでも恩師でいてくださる有難い存在である。

幸せなことに私には大学と大学院に恩師がいる。学習院大学大学院では、神田龍身先生に大変お世話になった。神田先生の寛大なご指導がなければ、私は『伊勢物語』を「研究」することなどできなかった。様々な見方や考え方を教えていただき、のびのびと勉強させていただいた。そして大学院を修了した今でも、気にかけていただき、相談に乗ってくださる。神田先生からは、授業だけではなく、毎週行われるゼミの研究会でも多くのご指導をいただいた。また、研究対象の異なるゼミの皆さんとの会話から、思考が整理され発展させられた論も多い。発表後、いただいたご意見をうまく消化できないでいると、兄や姉のような先輩方がいつも支えてくださった。特に勝亦志織さんの存在は大きい。この本を形にできたのも勝亦さんのあたたかい励ましのお蔭である。また、研究会や学会発表の際に、多くの先生方からさまざまなご指導やご助言を賜った。深くお礼申し上げる。

学習院大学人文科学研究科に提出した博士論文『歌物語の研究』で博士（日本語日本文学）を取得することができた。主査の神田先生をはじめ、鈴木健一先生と河地修先生に審査していただいた。実は、卒業論文に二条の后章段を選んだのは、鈴木先生の『伊勢物語の江戸―古典イメージの受容と創造』（森話社、二〇〇一年）に感銘を受けたからだった。鈴木先生が着任されたのは私の入学の年だったため、入学式の日に（あの本の先生がいらっしゃる！）と驚いたことを覚えている。また、河地先生は、学会で初めてご挨拶させていただいた時、私の名前をお聞きになると「あぁ知ってるよ」とおっしゃった優しい笑顔が印象的だった。お忙しい中、本当にありがとうございました。

また、本書の刊行をお引き受けくださった武蔵野書院の前田智彦社長、本橋典丈氏に心より感謝申し上げる。

なお、本書は、学習院大学人文科学研究科審査学位論文であり、同大学大学院人文科学研究科の助成金により刊行されたものである。ここに記して謝意を表する。

最後に、いつも私を応援してくれる家族に心から感謝を述べたい。

近藤さやか

二〇一八年十一月

著者紹介

近藤さやか（こんどう さやか）

1981年　愛知県生まれ
2004年　清泉女子大学文学部卒業
2014年　学習院大学人文科学研究科博士後期課程修了
　　　　博士（日本語日本文学）
現在、中京大学文学部日本文学科非常勤講師、中部大学人文学部日本語日本文化学科非常勤講師。

仮名文テクストとしての伊勢物語

2018年12月10日 初版第1刷発行

著　者：近藤さやか
発行者：前田智彦
装　幀：武蔵野書院装幀室

発行所：武蔵野書院
〒101-0054
東京都千代田区神田錦町 3-11 電話 03-3291-4859　FAX 03-3291-4839

印　刷：三美印刷㈱
製　本：㈲佐久間紙工製本所

ISBN 978-4-8386-0715-0 Printed in Japan